너는 금생에 사람 노릇 하지 마라

제운堤雲 1972년 합천 해인사에 출가하여, 대구 팔공산 동화사에서 경산 대종사를 은사로 득도得度했다. 74년 속리산 법주사에서 석암전계대화상으로부터 비구계를 수지했고, 77년 부산 동래 범어사 불교전문강원 사교과정을 이수했다. 85년 석도륜 선생을 사사, 호 '제운'을 받다. 86년 대한불교조계종 제2교구 본사 용주사 교무국장을 지냈다. 98년 동국대학교 불교대학원에서 불교사학을 전공했으며, 같은 해 조계종 직할 적조사 주지를 맡았다. 2002년 〈제운 달마선묵전〉이라는 주제로 개인전을 가졌다. 현재 일산 정광사에 머물고 있다.

너는 금생에 사람 노릇 하지 마라

글 · 그림 제운
펴 낸 이 유명자
펴 낸 곳 도서출판 장락
초판인쇄 2003년 10월 25일
초판발행 2003년 10월 31일

주소 110-290 서울시 종로구 인사동 153-3 금좌빌딩 205호
전화 02-735-0307, 8 **팩스** 02-735-0309

값 9,500원
ISBN 89-85262-91-2 03800

너는 금생에 사람 노릇 하지 마라

제운 글·그림

추천의 글

그러니까 지금부터 20여년 전 나는 잠시 적조암에 머문 일이 있었다. 그때 제운스님을 만나게 되었는데 그는 언제나 말이 없었다. 그런데 20년 후 그는 선화를 그리는 선승으로, 글을 쓰는 문인승으로 변모해 있었다. 세월은 흘러 20년이 지나갔지만 그는 이제 찬란한 빛덩이가 되어 나타난 것이다. 정말 놀라운 일이 아닐 수 없다.

이번에 출간되는 그의 책이 달마선화達摩禪畵와 산문들로 구성된 하나의 작품집 같은 성격을 띤다. 이것은 제운스님의 독특한 수행관에서 나오지 않았나 하는 생각이 든다.

그는 해인사를 거쳐 범어·통도·동화·법주·용주사 등 수행의 본산에서 수행승으로 머물렀는가 하면, 원효·자장·도솔·적조사 등 명찰에서 주지를 역임하고 도심포교원을 만들어 포교에 전념하기도 했다. 또한 토굴을 만들어 칩거에 들기도 하고, 먹과 벗하기를 20여년이요, 달마선화를 그린 지도 10년이 넘었다. 이러한 것들이 하나의 결정체가 되어 여기 이 책으로 엮어진 것이다.

선이란, 쉽게 말할 수도 없는 것이지만, 그렇다고 아주 특별한 언어도 아니다. 우리가 살아가는 일상 그대로가 다 선이다. 다만 같은 재료를 가지고 중국집에서 쓰면 중국음식이 되고 서양에서 쓰면 서양음식이 되듯이, 어디에 어떻게 쓰고 만드느냐에 달려 있다.

내가 아는 제운스님이 바로 그런 스님이다. 한지에 먹과 붓만 있으면 달마가 환생이라도 한 듯 생동감 넘치게 되살아 난다. 그것은 선을 육화시킨 진정한 수행인만이 가능하다.

제운스님의 글을 대할 때 나는 내심 놀라지 않을 수 없었다. 그림만 잘 그리는 줄 알았는데, 그는 마치 오래 씹으면 씹을수록 우러나오는 그런 맛이라 느껴지는 독특한 문체를 가지고 있었다. 아무튼 이 책이 계기가 되어 제운스님은 앞으로 좋은 글들을 우리 앞에 내놓으리라 생각한다. 오는 2004년 3월 3일 경인미술관에서 있을 〈제운 달마선묵전〉에서 이 책에 나오는 작품의 일부가 선보인다 하니 기대되는 바가 크다.

2003년 9월 23일

바다는 아래서 · 신지현 씀

출가도 쉬운 것이 아니고 수행도 그렇고 수행의 결과는 더 더욱 그렇다.

불가에서는 얻으려 하는 생각도 그르고, 그르다는 생각에 머물러도 안된다. 육조단경에 의하면 혜명은 전직 장군으로서 힘으로 *법기法器를 얻지 못하자 마음을 바꾸어 변명을 늘어 놓았다. 이에 혜능이 불사선 불사악(不思善 不思惡, 선도 악도 생각하지 마라)이라 했다.

무엇이 옳고 무엇이 그르고 무엇이 절대선이며 무엇이 절대 악인지 그 무엇 하나 정의를 세우기 어렵다. 스스로에 곳집을 한다면 이 또한 단견斷見에 떨어질 수 있다.

수행을 한답시고 산천을 넘나들기 그 얼마였던가. 마음의

---

*법기 불법을 담을 그릇, 곧 불도를 수행할 만한 이를 가리키는 말.

공허함을 일상사처럼 떨쳐버리지 못했던 어느 날 석도륜이라는 큰스승을 만나 선화의 영감을 얻는 계기가 됐고 스스로를 점검한답시고 몇 자 글을 써보기도 했다.

불가에서는 수행자가 농사를 지으면 선농일여禪農一如라 하고 차를 즐기면 다선일여茶禪一如라 하듯 모든 것이 수행이고 깨달음의 연장선상에 있다. 통상적으로 참선을 말하면 고요히 앉아 있는 것만 생각하겠지만 수행자에게는 걷거나 머물거나 앉거나 눕거나 모두가 수행 아님이 없다. 수행의 궁극은 깨달음이다. 그 깨닫는 과정이 여러 갈래일 뿐 그것은 마치 하나의 목적지를 두고 여러 갈래로 가고 오는 것과 같다. 그 깨달음의 분상에서 보면 모두가 범부가 되고 깨달은 이가 된다. 범부의 눈으로 보면 모두가 범부이고 깨달은 사람의 안목으로 보면 모두가 깨달았다. 아날로그 방식 흑백 텔레비전은 흑백만 가능하고 디지털 방식 컬러 텔레비전은 다양한 색상을 통한 컴마인드[computer mind]를 즐길 수 있다. 하루 24시간 중 너댓시간 빼고 나머지 모두를 공부에 전념하는 가행정진회상에서는 격외선格外禪이 통한다. 부처를 물었는데 '삼서근'이나 '똥막대기'라 대답하고 개를 등장시켜 불성의 유무를 묻고 기왓장을 갈면서 부처 공부 한다하고 심지어 살불살조(殺佛殺祖, 부처도 죽이고 조사도 죽인다)도 통한다. 그러나 보편적 시각에서 보면 도저히 이루어질 수 없다. 그 자리에 방편이라는 매개가 등장한다. 내가 글을 쓰고 달마를 그리고 하는 이러한 일련의 행위를 굳이 변명한다면 방편이라고 할 수 있다. 중생의 근기는 다양한 컨텐츠와 메카니즘적인 발상을 한다. 그것은 어떤 고승이 말씀하시길 상견중생相見衆生이라 했다. 만약 상을 보면서도 상을 보지 않을 수 있다면 그것은 여래를 본다若見諸相非即見如來고 했다.

상을 대하며 상이 상이 아님을 볼 수 있다면 얼마나 다행한 일인가? 달마의 모습도 상이요 문자도 상이다. 그럼에도 우리는 상 속에 살며 단 한순간도 상을 떠나 살 수 없다. 그러한 상 속에서 보편적 진의를 발견할 수 있다면 내가 이 책을 내게 된 가치는 족하다고 하겠다.

지금 이러한 졸스러운 글이나마 쓸 수 있게 됨은 장락출판사 유명자 사장을 만난 크나큰 인연의 덕이고 한 권의 책이 완성되기까지 편집부의 도움이 컸으며 또한 많은 사람들과 함께 공유할 수 있게 열심히 일하는 영업부의 힘도 간과할 수 없다. 그리고 나의 그림자처럼 챙기고 봉사하는 아진관광 대표 이현옥(진여)님과 소설산에서 더위도 잊은 채 보림에 열중하는 삼설당三雪堂의 법붕지정法鵬之情의 탁마도 귀히 여기며, 특히 가장 존경하는 스님이신 석지현 스님께서 추천의 글을 써주시니 무엇에 비길 수 없는 고마움뿐이다.

이 출판의 공덕이 장락을 넘어 영원한 생명이 용솟음치는 그날을 기대해 본다.

2003년 가을.
일산 정광사에서, 제운

차 례

1장

너는 금생에 사람 노릇 하지 마라

절골에서 기노인을 만나다

내가 바랑을 메고 여기저기 운수행각雲水行脚을 할 때다. 가다 힘들면 쉬어가고 배고프면 얻어먹고 어디든 훌륭한 스승이 있다하면 가서 친견을 하고 또다시 길없는 길을 가면서 초대받지 않은 몸으로 이 절 저 절 객실 신세를 지던 때였다.

어느 날 태백산을 가게 되었는데, 황지 절골에 가면 기슭노인이 있어 하늘을 향해 말을 하고 그 하늘의 가르침을 받아 중생을 제도한다는 말을 들었다. 나는 그가 스님인지 유학자인지 도인인지 직접 가서 한번 만나봐야겠다는 생각으로 그곳에 갔다. 가던 날 마침 그 기이한 노인을 만날 수 있었다. 그 노인이 내 신상에 대해 여러 가지를 묻기에 대충 말씀을 드렸다. 그런데 그 노인 말이 자기는 죽어가는 사람도 살릴 수 있다는 것이었다. 말인즉, 죽어가는 사람을 살리기 위해 나무 한 그루

15

를 대신 죽이면 그가 살아난다는 것이다. 나는 좀 우습기는 했지만 웃을 수도 없고 참 난처했다. 이어 노인은 자기가 가지고 있는 큰 능력을 전수받을 사람이 없다고 했다. 나는 무엇이 그리 큰 능력인가 묻지 않을 수 없었다. 그 노인은 차차 알게 된다고 하면서 그곳에 잠시 머물기를 원했다. 나는 어차피 만행萬行을 하던 터라 어디 특별히 가야 할 곳도, 초대를 받을 일도 없었다. 그래서 한번 머물러 보자는 생각을 하게 되었다.

그곳에서 나는 기노인 부부와 그들 노부부의 예쁜 딸과 함께 지내게 되었다. 심산유곡이라 식사는 거의 감자와 옥수수를 섞어 지은 잡곡밥이 고작이었다. 그런대로 먹을 만했다. 그 노인은 칠십대 중반은 되어 보였고 딸은 이십대 초반정도로 보였다. 그녀는 산골에서 나서 산골에서만 살았다고 했는데, 나는 그 처녀를 처음 본 순간 깜짝 놀랐다. 눈빛이 어찌나 맑은지 청정한 호수에 약간 푸른빛을 띤 듯 참 깨끗한 눈이었다. 그 맑고 푸른빛이 오히려 섬찍하기까지 했다. 그곳에서 일 주일 가량 머무는 동안 살펴보니 산골처녀라 불교식으로 표현한다면 무구청정無垢淸淨 바로 그 자체였다. 일체의 더러움이 없는 참으로 깨끗한 모습이었다.

기노인은 나에게 '청자靑子'라는 호를 받지 않겠냐고 제안을 해왔다. 나는 즉답을 피했다. 내가 그곳에 간 본래 의도는 내가 공부하고 있는 불법佛法보다 더 수승한 진리나 가르침이 있다면 그것을 택하겠다는 생각에서였다. 무엇이 생과 사를 마음대로 조절할 수 있는가? 나는 그것이 알고 싶어서 그곳에

心外無物
卯放六看

三角山人
堤雲

머물렀던 것이다.

하루는 그 노인이 내게 묻기를 어젯밤 꿈에 혹 몸이 날지 않았느냐는 것이었다. 나는 아니라고 대답했다. 그러자 그 노인은 약간 정색을 하고는 "자네가 아직 나를 믿지 않고 있군"하면서 주역의 서문 이야기를 했다. 모든 것이 신의 조화로움으로 사람이 알지 못하는 것을 귀신은 안다는 그런 내용의 이야기와 불교에서 말하는 신족통神足通과 같은 이야기였다. 소축, 중축, 대축 등 축지법에 관한 이야기를 했는데, 소축이 뜀박질을 빨리 하는 정도라면 중축은 산과 산을 함축하듯 나아가고 대축은 몸이 누운 상태에서 날아가므로 보통 사람들은 볼 수 없다는 것이다.

아무튼 그 노인의 거처에서 일 주일 가량을 지내고 나서 내가 내린 결론은 이 세상에 아무리 좋은 방편이 있다 한들 부처님의 가르침을 따를 수 없다는 것이었다. 부처님은 진리를 보이고 가르치신다. 그 어떤 사람이 특별한 방편을 보인다고 한다면 그것은 하나의 술術에 불과할 것이다.

나는 그렇게 판단을 내리고 그 길로 그곳을 나섰다. 그때로부터 세월이 많이 지났다. 그래서였을까? 어느 날 꿈속에서 내가 날고 있었다. 처음엔 한 사람을 안고 날고 있는데 아래로는 수많은 인가가 즐비했다. 다른 한 사람이 자기도 함께 구원해달라는 요청을 해와서 양팔로 두 사람을 끼고 훨훨 나는 그런 꿈을 꾸었다.

지리산에서 만난 토굴 스님

　포항 운제산雲梯山에 살 때다. 나는 해마다 여름이면 배낭을 준비하여 바닷가에 다녀오는 버릇이 있다. 그 해에는 바닷가를 가지 못해 어디든 갔다 와야 기분이 살아날 것만 같았다. 내가 거처하는 자장암 아래 오어사라는 절에 주지 상좌인 성현스님이 있었다. 하루는 그 스님이 내게 지리산에 가지 않겠느냐고 물었다. 나는 그렇지 않아도 암자생활이 답답하던 차 잘됐다는 생각으로 약속을 했다. 우리는 지리산에서 일 주일 정도 생활할 수 있는 준비를 마쳤다. 쌀과 부식과 텐트 등 적어도 산중에서 일 주일을 지낼 수 있는 만반의 준비였다. 우리는 진주를 거쳐 지리산으로 향했는데 가다보니 대원사 여승들의 수도처를 들르게 되었다. 때는 늦은 가을인데 꽤 추웠다. 우리는 대원사 여스님들이 지어주는 밥을 먹고 떠날 채비를 했다. 그런데 갑자기 날씨가 어두워지면서 난데없는 진눈개비가 내리지 않는가. 나는 그런 날씨엔 도저히 산속에서 생활하기 어렵다는 판단을 하고 하산할 것을 종용했으나 그 스님 고집은 대단했다. 그렇게는 할 수 없다는 것이다. "우리가 여기까지 와서 날씨가 좋지 않다고 그냥 가서야 되겠느냐"는 것이 그 스님의 말이었다. 그러나 나는 가을이라는 계절에 지낼 수 있을 만한 준비를 했는데 갑자기 눈이 오고 있으니 이런 날씨에 지리산에서 지낼 수 있을까 하는 염려와 또한 산에서 부식을 마련하려고 했는데 부식은커녕 잘못하다가는 길을 잃고 헤매다 눈속에 파묻혀 그냥 동사할 것만 같은 생각이 들었던 것이다. 나는 우정이고 뭐고 다 때려치우고 그 스님과 작별을 하기로 했다.

곧바로 하산하는 기분으로 내려오는데 지리산 중산리 가는 버스가 보였다. 그렇지 않아도 성현스님을 버려두고 나 혼자 내려오는 것이 마음에 꺼림칙했는데 여기까지 왔으니 이 기회에 천왕봉이나 한번 올라가자 하는 생각으로 중산리 가는 버스를 탔다. 마침 버스에는 예전에 부산 범어사에서 함께 경經을 공부하던 태욱스님이 타고 있었다. 내가 반가워 "태욱스님!" 하고 부르자 태욱스님은 어찌 여기서 보이느냐는 투로 물어온다. 이렇게 저렇게 되다 보니 지금 그 차를 타게 되었다고 하니, 그럼 자신의 토굴로 가자는 것이다. 나는 범어사 강원 도반을 그곳에서 만난 것을 다행으로 생각하고 함께 토굴에 가기로 했다. 중산리 직행버스가 한 삼십 분 중산리를 향하는가 했더니 선다. 태욱스님은 "저기 보이는 것이 내 토굴이 네" 했다. 예전 태욱스님의 모습에 비해 너무 초라한 모습이 었다. 앙상하게 말라빠진 늙은 암소마냥 힘없이 축 처진 그런 느낌이었다. 그 집에 들어서자 태욱스님은 "지연스님, 여기 이만하면 어때, 이것도 칠십만 원짜리야" 했다.

나는 사방을 살폈다. 밖은 저녁기운이 도는 듯한 대바람이 일고 있었다. 남루한 초가집과 작은 뜰과 손바닥만한 논두렁 이 뜰 앞에 펼쳐져 있었다.

"태욱스님, 언제 여기에 왔소?"

태욱스님은 자기 방문을 열어 보이면서, "한 삼 년 되지. 그 때는 이곳에 이느 시골선비가 살았지. 이 집 분위기를 보면 금 방 알 수 있어" 했다. 나는 순간 나도 토굴이나 마찬가지인 암 자에 살지만 태욱스님에 비하면 호화롭게 생활한다는 것을 느 꼈다. 태욱스님은 예전에 범어사에서 공부를 할 때도 남달리 점잖은 스님이었다. 그러나 막상 그런 곳에서 생활하는 것을 보니 한국 불교의 흐름을 알 수 있을 것만 같았다.

"태욱스님, 공양은 잘 챙겨 드십니까?" 하니, "공양은 생식 으로 한다네. 그러니 뜨거운 방에서도 잘 수 없고, 뜨거운 음 식을 먹어서도 안된다네" 했다.

생식이라면 보통 사람은 하기 힘든 것인 줄 알고 있는데 그 스님이 그 어려운 것을 해내고 있다는 생각에 나는 나의 수행 을 되돌아보게 되었다. 나는 곧 가야겠다는 의사를 밝혔다. 그 러자 태욱스님은 그럼 라면이나 하나 먹고 가라고 하지 않는

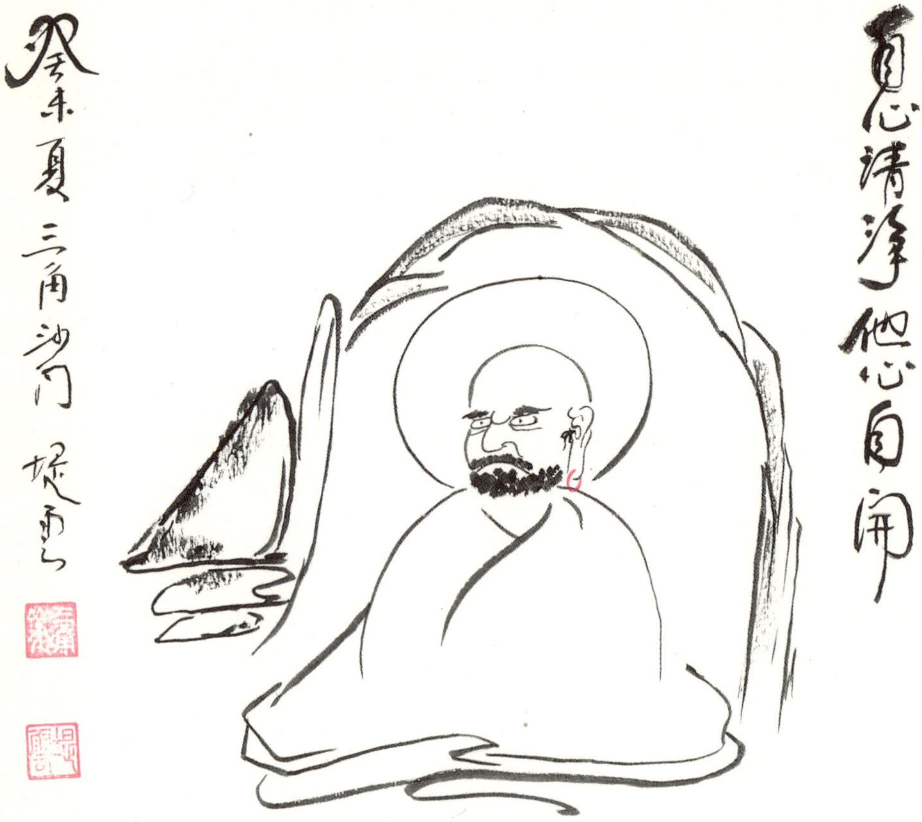
自心清淨 他心自開
癸未夏 三角沙门

가. 태욱스님은 라면 하나를 끓이기 위해 부엌으로 가더니 커다란 솥에 물을 붓고 아궁이에 불을 지피는 것이었다.

"지연스님, 모처럼 오신 손님인데 생식을 하는 처지라 밥도 해드리지 못하고 라면을 끓여 미안하게 생각하네. 나는 생식을 하다 보니 솔잎과 생쌀을 먹고 지내는데 도무지 먹어도 먹는 것 같지 않고 그러다 보니 세상 살아가는 데 아무런 의욕이 없네" 하는 것이었다. 그 말을 듣는 순간 나는 '아, 이렇게 깊은 골짜기에 와서 생활하는 사문의 심정이 이렇다면 도심지에 사는 스님들은 어떻겠는가' 하는 안타까움과 동정심이 일었다. 나는 그가 끓여준 라면으로 허기를 때우고 곧바로 중산리로 들어갔다.

어느덧 해는 지고 어둠이 질펀히 깔린다. 나는 초행길이라 망설이지 않을 수 없었다. 그 길로 올라가면 법계사라는 절이 나온다는 것은 태욱스님으로부터 들어 알지만 중산리에서 법계사까지는 산길 삼십 리나 되는데 걱정이 앞섰다. 그런데 도중에 스님 일행을 만났다. 법계사에 사는 스님들로 지금 그곳으로 가는 길이라 했다. 나는 안심이 되었다. 그러자 그 중 한 사람이 "스님, 우리 여기서 라면이나 하나 먹고 갑시다. 조금만 가면 법계사 가는 길목에 신도가 살고 있는데 거기서 라면도 먹고 좀 쉬었다 갑시다" 하는 것이었다. 나는 그렇게 하자는 시늉을 하고 그 신도집에서 또다시 라면 공양을 받게 되었다. 그 뒤 우리 일행은 법계사로 향할 준비를 다 끝냈다. 밤은 깊어져 시간은 여덟 시를 가리키고 있었다. 나는 법계사라는 곳 아니 지리산이라는 데는 처음 가보는데다가 동료가 있다지만 캄캄한 밤에 오르려 하니 갈 길이 좀 다급해지는 느낌이 들었다. 말이 가을이지 추운 겨울 같은 지리산 날씨에다 진눈개비가 간간이 날리지 않는가. 게다가 나는 지리산 산중야영에 필요한 냄비, 텐트, 부식 등 무게가 약 50킬로그램은 족히 될 듯한 장비를 지고 있었다. 그 무거운 짐을 지고 야간 산등정을 그것도 약 삼십 리나 되는 길을 가야 하니 무리한 일이긴 했다. 우리 일행은 나까지 네 명이다. 우리는 거의 쉬지도 않고 산을 오르고 있었다. 나는 그 스님들을 보면서 참 대단하다고 생각했다. 왜냐하면 나도 산에 살고 있지만 그 스님들이야말로 산을 타는 게 평지를 걷는 것보다 나아보였기 때문이다. 그 중에 황우라는 스님이 있었는데 그 스님은 정말로 황우처럼 아니 황소처럼 넘치는 힘이 있어 보였다.

산 중턱쯤 오르니 밤은 점점 깊어 가는데 눈까지 많이 내렸다. 눈이 오다보니 초행길이기도 하지만 우선 길이 제대로 보이지 않고 등산길 작은 기로마저 눈앞에서 사라지고 없었다. 나는 앞에 걷는 스님들을 따라 오르긴 해도 무거운 배낭을 짊어진데다가 이런 악조건이 겹치다보니 그것도 고행이라면 고행이었다. 시간은 밤 열 시 가량 되었나 싶었다. 눈은 점점 쌓여 발목을 덮고 살며시 나린 눈 때문에 돌을 밟을 적마다 미끄러져 때론 곡예 아닌 곡예를 하게 되었다. 숨은 차고 가슴은 답답하다 못해 터지는 것만 같았다. 앞에 가는 스님들께 "나는 도저히 더 이상 가지 못하겠으니 스님들이나 가시오" 하니, 여기서 머물면 얼어죽는다고 펄쩍뛰는 것이다. 나는 사실 그 순간 그렇게 힘들게 가느니 내가 가지고 있는 텐트에다 버너를 사용한다면 하룻밤 정도는 무사히 지낼 수 있지 않을까 하는 생각이었는데 지금 돌이켜 보면 큰일 날 일이었다. 만약 그렇게 텐트를 치고 버너를 켜놓고 잔다고 하자. 버너에서 나온 유독가스가 밀폐된 공간에 꽉 차 있을 때 질식사할 위험도 위험이지만 지리산 그 깊은 곳에서 눈사태를 만나지 말라는 법도 없지 않았다. 지금 생각해 보면 백번 잘한 짓이다.

우리 일행이 절에 도착했을 때 시침은 자정을 가리키고 있었다. 지리산은 해발 1920미터 가량 되는 것으로 알고 있다. 우리 일행이 법계사까시 왔으니 해발 1800미터는 됨직한 거리를 거의 한 번도 쉬지 않고 온 셈이었다. 말만 듣던 법계사를 보는 순간 이렇게 높은 산에 절이 있다는 것이 우선 놀라웠다. 절 모습은 그렇게 크거나 잘 짜여 있는 것은 아니었다. 우선 법당이라 할 것도 없는데다가 사람이 거처할 방도 제대로 없었다. 그저 텐트를 치고 그 속에 불을 지피면 바닥이 조금 따뜻해지고 밖으로 비닐을 쳐서 찬 공기를 막을 정도일 뿐이라. 우리가 도착하자 방안에 있던 사람들이 우리를 반겼다. 또 놀라지 않을 수 없었던 것은 그런 곳에 사람이 있을까 했는데 내 눈에 보이는 사람은 족히 열 명은 되는 듯했다. 또한 그들 가운데 옛날 함께 공부하던 도반 선효스님이 있지 않은가. 나는 물었다, 어떻게 이런 곳에 사느냐는 식으로. 그러나 그 도반은 이런 곳에서도 한참을 가야만 자기가 공부하는 토굴이 있다는

것이다. 천왕봉을 넘어 장터목산장을 돌아서 어느 지점이라
는……

이 도반스님 역시 생식을 한다는 것이다. 나는 또 한번 놀라
게 되었다. 이곳에 기도하러 왔다면서 몇 명이나 되어 보이는
보살(여신도)들이 있지 않은가. 참으로 신심이 대단하다는 것
을 느꼈다. 그날 법계사 대중과 신도 토굴에 기거하는 스님들
모두 모여 앉아 이런저런 이야기를 주고받았다. 그 높은 산에
제법 화기가 돌고 웃음소리가 지리산 천왕봉을 흔들 정도였다
면 좀 지나친 말일까? 밤 늦게서야 대중들은 잠을 청하기로
했다. 잠자리에 막 들어 잠이 드는가 했는데 노크소리가 들리
더니 나를 비롯한 여러 스님들이 자는 방문을 누군가 열고 들
어왔다. 우리는 잠자리에서 모두 일어날 수밖에 없었다. 다름
아닌 여자 신도들이 기도를 하다 추워서 몸을 녹이려고 들어
온 것이다. 그래서 다시 이야기꽃이 피기 시작했다. 신도님들
은 어디서 왔으며 언제까지 기도를 할 것이냐는 등 서로가 통
성명을 하고 자기의 신상을 조금 들추고 있는데 마침 성명스
님이 산꼭대기에서 주력(불교수련의 하나)을 하다 내려왔다. 이
제 백일이 다 되어가는데 뭘 좀 알았다는 듯이 이야기를 했다.
무엇을 알았는지는 자세히 모르겠지만 하여튼 뭔가 좀 얻었다
는 듯이 이야기를 하자 옆에 있던 두 신도님들이 자기들에 대
해서 좀 알 수 있느냐는 듯이 물었다. 그러자 대중들은 의아해
했다. 그도 그럴 것이 절에 기도하러 왔다는 신도가 고작 운명
이나 알고자 왔다면 큰 잘못이고 또 스님들도 그런 것을 잘 말

하지 않는 것으로 되어 있기 때문이다. 잠시 어색한 침묵이 감돌았다. 나는 얼른 몇 마디 농담으로 분위기를 누그러뜨리고 다시 그들과 이야기를 나누다 새벽이 되어서야 잠을 청했다.

그 다음 날 나는 선효스님이 사는 토굴에 가 보고 싶었다. 여러 스님들과 함께 천왕봉을 넘어서 장터목 산장에 이르러 보니 남녀 대학생들이 제법 여럿 와 있었다. 그 산장 옆길로 한참이나 들어가니 암벽 밑에 움막으로 대충 가려놓은 토굴이 하나 있었다. 이런 곳에서 공부를 하겠다는 뜻이 가상히 여겨지면서도 한편으로는 인생이 무엇인가 하는 의문이 생겼다. 초라한 움막은 집이라기보다 절벽 끝에 매달린 새집 같았다. 안으로 안내를 하는데 두 사람이 앉을 수도 없는 조그만 방이었다. 겨우 도반 혼자 앉아서 좌선하다 쓰러져 자고 눈뜨면 일어나 세수라고 해봐야 겨우 눈만 비비는 정도요, 음식은 쌀이나 콩을 물에 불려 미리 장만한 솔잎으로 조금씩 때우는 것이 고작이었다. 아직도 우리 불교에 이런 살아 있는 구도자가 있다는 사실에 고마움을 느끼면서 하산을 했다.

너는 금생에 사람 노릇 하지 마라

　나의 은사이신 경산京·慶山스님은 나에게 "너는 금생에 사람 노릇 하지 마라"고 말씀하셨다. 이 말씀은 제대로 승려 생활을 하려면 사람으로서 대접을 받으려 하거나, 사람이라는 생각으로 사람답게 무엇을 해야 한다거나, 무엇을 이루려 하면 안 된다는 것이다.

　승려는 세상을 살아가는 데 있어 눈으로 봐도 보지 않은 것이 되어야 하고 귀로 들어도 듣지 않은 것이 되어야 한다. 무언가를 이룬다는 생각을 가져서도 안 된다. 그저 허기를 채울 뿐 세상의 호사나 명예, 권세 같은 것들을 보지도 취하지도 말아야 하고 그리워하지도 아쉬워하지도 말아야 한다. 그래서 나의 스승은 공부하는 것조차 우려하셨다. 물론 불교 공부를 말하는 것이 아니라 세속적인 공부를 말한다. 일반 대학이나 심지어 불교대학(현 동국대학교)까지도 경계를 하셨다. 공부를 한다는 것, 특히 세속적으로 대학공부나 그 이상의 공부를 한다는 것은 바로 사람 노릇을 하겠다는 데서 비롯되며, 그 사람 노릇을 한다고 불가를 떠나 세속으로 돌아가는 예가 흔히 있기 때문이다. 나의 스승뿐 아니라 다른 큰스님에게서도 같은 말씀을 들은 바가 있다. 흔히 사람 노릇 하고 살라 하는데 오히려 사람 노릇 하지 말라니 자칫 잘못 생각하면 오해나 섭섭함이 따를 수 있다. 그러나 내가 이 길에서 오랫동안 머물고 보니 충분히 이해가 간다.

요즈음에는 나이가 적당히 들어 출가를 하지만 예전에는 동진출가라 하여 세속을 잘 알지 못하는 어린 나이에 출가를 했다. 어려서 출가를 해야 세속에 물들지 않고 이 길을 영원히 갈 수 있다고 생각했기 때문이다. 그러므로 일찍 출가한 사람이 성장을 하면서 좀더 공부를 하고자 하는 것은 당연한 일이다. 그렇지만 나의 스승이나 당시 고승들의 생각은 좀 달랐다. 어린아이를 상좌로 받아 겨우 절법을 익히고 스승과 상좌의 연을 묶는다 했는데 세속공부 좀 하더니 그냥 세속으로 돌아가 버리는 일들이 왕왕 있어 왔다. 이러하기에 단순히 생각하면 세속으로 돌아간다는 것이 아쉬워서 그런 것이 아닌가 하겠지만 큰스님들이 생각할 때는 '사람 몸 받기 힘들고, 불법 만나기 어렵다(人生難得佛法難逢 인생난득불법난봉)'라는 말이 있듯이 불가의 인연이, 불법을 공부할 수 있는 인연이 얼마나 다행한 것인데 그것을 모르고 순간의 끄달림 때문에 이 큰길

(생사를 초월한 대자유의 삶)을 이탈하여 미혹의 늪으로 다시 들어가는가 하는 안타까움 때문인 줄 안다.

나의 스승을 소개하자면, 일찍이 금강산 유점사 마하연에서 십구 세 나이로 출가하셨고 여러 제방 선원에서 뛰어난 선승으로 이름을 널리 알리셨으며 조계종 정화운동에 앞장서시기도 했다. 조계종 총무원장을 그만두시고는 도봉산 천축사 문무관(門無關, 한번 들어가면 깨치지 않고 나올 수 없는 곳)에서 만 오 년 동안 수행을 하셨고 조계종 분규가 일 때마다 총무원장으로 재추대되시기도 했다. 스님은 용모가 매우 눈에 띄었다. 풍만하고 육중한 체격에 함경도 특유의 고집과 뚝심도 있었다.

내가 처음 스님과 인연을 맺은 것은 팔공산 동화사에서였다. 스님은 내가 그곳에 가기 일 년 전에 이미 문무관을 회향하시고 조계종 9교구 본사 동화사에 주지로 와 계셨다. 내가 해인사에 입산하여 잠시 머물 당시 함께 수행하는 스님과 행자들을 통해 당대의 최고승이 동화사에 계신다는 말을 듣고 동화사로 가서 수계를 받음으로써 스승과 상좌 사이가 되었다.

세월이 좀 지나 스승께서 동화사 주지를 그만두시고 다시 총무원장으로 재추대되시어 서울 적조암(寺)에 머물 때다. 하루는 스님과 함께 TV를 보고 있는데 휴가 나온 병사가 과일을 깎는 장면이 화면에 나왔다. 그러자 스님이 불쑥 "지연(제운)수자도 과일 좀 먹지 그래" 하시는 바람에 내가 웃음을 터뜨리자 스님도 따라 웃었다. 밖에서 보면 큰스님은 근엄하시

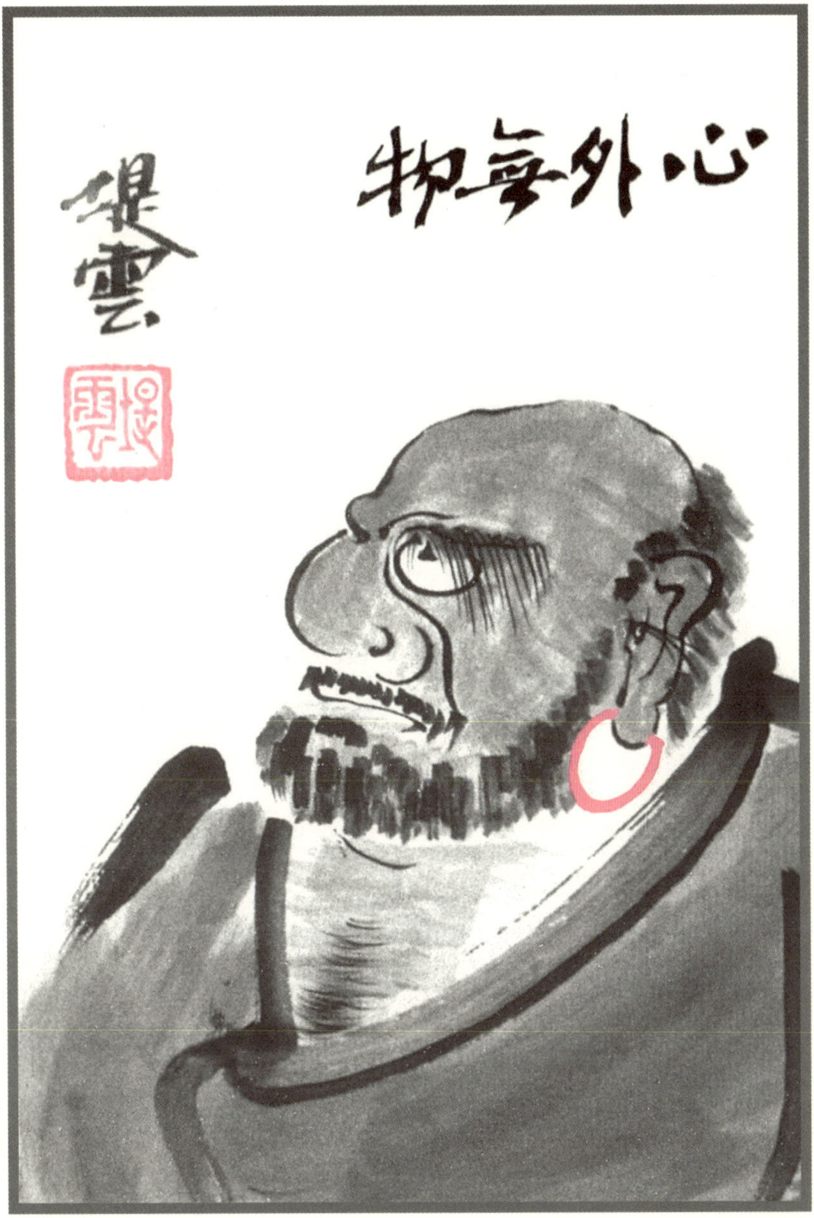
心外無物

고 빈틈이 없어 보이는 고승이시지만 가까이서 뵈면 순진무구한 모습을 많이 볼 수 있었다. 또 하루는 내가 돈이 좀 필요했는데, 스승께서도 내 사정을 짐작하시는 줄은 알지만 감히 스승께 돈이 필요하다고 말을 할 수가 없었다. 그러자 스승이 내 표정을 보시더니 "지연수좌, 법당에 가서 관세음보살님께 기도를 좀 하는 게 어때? 혹시 아나? 관세음보살께서 필요한 돈을 주실지"라고 말씀하시는 것이었다.

나는 그 말을 듣고 잠시 머뭇거리다 스승의 말씀이라 곧장 법당으로 들어가 기도를 했다. 물론 뒤에 스승께서 돈을 주셨다.

당시 나는 스님을 모시는 시자侍子였다. 시자를 시봉이라고도 한다. 평소에 스승은 그 어떤 상좌보다 나를 예뻐하셨다. 강원도 등명낙가사 토굴에서 장좌불와(長座不臥, 눕지 않고 공부함)를 할 때의 일이다. 그곳 기후 관계도 있었지만 아주 보잘것없는 토굴인지라 방이 너무 빨리 식었다. 그래서 나는 새벽 두 시에 일어나 스님 공부하시는 방에 군불을 지펴드리곤 했다. 그러던 어느 날인가 스승께서 새벽 두 시에 나오시더니 내게 두툼한 스웨터를 하나 주셨다. 어느 신도가 손수 짜서 스승께 드렸다는데 그걸 내게 주신 것이다. 그런 일이 있고 얼마 후 나의 사형되는 스님이 스승께 "스님, 지연수좌가 시봉을 제대로 합니까?" 하니 스님이 곧 말씀하시기를 "지연은 고등시봉이야!" 하시지 않는가! 사실 그날 새벽 세 시에 스님께 세숫물을 올려야 하는데 그날따라 늦잠을 잤는데 말이다.

어느덧 시봉생활도 그만하고 해인사로 공부를 하려고 떠나던 날은 지금도 잊을 수가 없다. 스님께서 내게 편지를 하나 주셨는데 당시 해인사 주지였던 도광스님과는 잘 아시는 사이인지라 '내 상좌가 그곳에 가서 공부를 하려고 하니 선처를 해주시면 고맙겠다'는 당부의 글을 써주셨던 것이다. 그 편지를 소중히 받아 들고 나오려 하는데 스님께서 지갑을 열더니 돈 이만 원을 꺼내 내 손에 쥐어주셨다. 그때가 1975년도쯤이라 이만 원은 거금이었다. 더군다나 그 돈은 스승의 지갑에 든 전부였다. 너무도 고마워 감격하지 않을 수 없었다. 나는 스님께 "스님! 스님의 지갑을 다 비우니 오히려 제 마음이 편치 않습니다. 여기 만 원을 스님께 다시 돌려 드리겠습니다" 하면서 돈을 내밀었더니 스님께서 쉽게 받지 않으시다가 내가 떼쓰듯 내미니 스님께서 돈을 받으시며 "네가 내 마음을 아니 나 또한 네 마음을 안다" 하셨다. 내가 바랑을 걸머메고 손에 두어 보따리 책을 들고 나가자 스님께서는 그 육중한 몸으로 손수 책보따리를 드시는 것이 아닌가. 나는 만류했지만 스승은 아랑곳하지 않고 나와 함께 책보따리를 들고 흥천사 고갯길을 돌아 아리랑고개 버스정류소까지 오셨다. 내가 스님에게 너무도 감사한 마음과 죄스러운 마음으로 쩔쩔매고 있을 때 스승께서 내게 말씀하시기를 "혹시 알 수 있나, 다음 생엔 내가 너의 상좌가 될지!" 하시는 것이었다. 그래서 나는 스님께 조용히 말씀드렸다. "스님! 스님께서 연세가 더 드시고 몸이 불편하실 때 제가 스님을 모시겠습니다."

그 약속을 지켜드리지 못함을 애석하게 생각한다. 스승께서 입적하셨다는 소식을 듣고 나는 너무도 아쉽고 허탈하고 죄스러운 마음에 한없이 눈물을 쏟았다.

'나의 스승 경산 큰스님이시여, 다음 생에는 더욱 좋은 상좌가 되어 스승을 모시겠습니다. 그리고 스님께서 제게 하신 "너만이라도 도인이 되어 보라"는 그 말씀을 늘 가슴에 새기겠습니다.'

수구암 토굴 생활

　도심에서 포교를 한답시고 상도동에서 생활한 지 삼 년이
되었다. 공해에 찌든 도심 가운데서 생활하는 것이 여간 힘들
지 않았다. 그러던 어느 날 큰 결심을 하고는 시간이 나는 대
로 여기저기 토굴자리를 알아보려고 다니던 중 가평군 설악면
설곡리 민가 한 채를 사서 토굴 생활을 시작했다. 복잡한 도심
생활이 힘들긴 해도 생활자체는 편리할 때가 많다. 막상 토굴
생활을 시작해보니 기가 막힐 노릇이었다. 예전에 산간에 살
때는 그런대로 잘 적응했는데 나이가 들고 도심생활을 하다가
인가가 드문 깊은 산간에 와 보니 생활에 불편이 따를 수밖에.
화장실도 재래식이라 그렇고 밥을 하는 공양간도 그렇고 그랬
다. 다 극복하면서 살겠다는 마음을 가지고 우선 마을 집을 절
집으로 조금 수리를 하기로 마음먹었다. 수리를 하려고 일하

小雪山沙門
塄雲

는 사람을 구하는 것이 쉽지는 않았다. 산골이라 그런지 약속을 잘 지키지 않았고 인건비도 상당히 많이 들었다. 보일러며 수도며 어느 정도 되었는데 수세식 화장실이 꼭 필요해서 기술자를 불렀는데 약속을 지키지 않았다. 두어 번 기다리다 평소 내 성격대로 내가 직접 해야겠다는 생각으로 포크레인을 동원해서 정화조 묻을 땅을 파고 잡부 한 사람 부르고 건재상에서 필요한 배관이며 부속 등을 사서 설치를 했다. 그렇게 그럭저럭 거처할 만하게 만들어 놓고는 토굴을 수구암睡口庵이라 이름을 붙여 현판에 즉석으로 써 붙였다. 3일 8일이면 양평 장날이 서는데 나는 가급적 장에 가기를 주저하지 않았다. 요즘 세월에 굳이 장날을 찾지 않아도 불편은 없지만 장에 기보면 옛 우리 모습을 찾을 수 있어 좋았다. 그곳에는 강아지 두어 마리나, 토끼며 고양이를 들고 나와 파는 사람, 유행과는 거리가 먼 옷가지를 늘어놓고 파는 사람 등 한마디로 종합시장이다. 또 먹을 것도 많고 하니 한 번쯤 둘러봄직하다.

양평이라 하면 용문산이요, 용문산 하면 산나물을 뺄 수가 없다. 장에서 산나물을 사기 위해서 봄철에는 한번도 빠지지 않고 장에 갔었다.

도심에서 탈피해 산간토굴에서 생활하면 좋은 것은 당연히 물과 공기 그리고 대자연이다. 특히 방문을 열면 드넓은 숲과 초록색으로 단장된 싱그러움은 무어라 표현할 수 없을 정도요, 밤이 되면 수많은 별들이 얼마나 투명하고 밝게 빛나는지 바로 내 머리 위에서 금방이라도 쏟아질 듯 어른거린다. 잠에서 깨어날 때쯤이면 온갖 새들이 대합송을 한다. 그럴 때 나는 이것이야말로 대단원의 오케스트라요 전원 교향곡이라는 생각을 하며 하루하루 수행생활을 해 나갔다.

본시 수행이란 단어만큼 쉽게 접근할 수 있는 것이 아니다. 그러나 스님들은 예전에 대중처소에서 각기 참선參禪을 하던 습관과 적응력이 있어 어떤 환경에 처해도 해 나갈 수는 있다. 그렇지만 실상을 모르는 사람들은 스님들이 산간움막 토굴에 앉아 있는 모습만 보고는 외형적 흉내에 빠져 그렇게 하는 줄 알고 있다. 그러나 공부는 그렇게 간단치 않다. 자칫 잘못하면 외도로 빠질 수도 있고 또한 선무당처럼 되어서 스스로의 몸과 정신을 혼미하게 만들어 자신도 죽이고 남도 죽이는 그런 꼴이 될 수 있다는 것이다. 아무튼 나는 이곳에서 주로 선화禪畵를 그리는 데 많은 시간을 보냈다. '선화'라 함은 간단히 말해 수행하는 사람이 그리는 그림이라 할 수 있다. 수행하는 사람의 목적은 깨달음에 있으니 그의 행위 모든 것은 다 깨달음과 관계가 있는 것이다. 그러므로 달마 그림을 그리더라도 수행에서 우러나오는 것이고 찻잔 하나를 그려도 수행과 깨달음에서 나오는 것이다.

이렇게 하루하루 그림을 그리던 중 어느 날 험상궂기가 마치 달마가 자기 몸을 남에게 보시하고 험악한 구렁이 모습을 대신 뒤집어 쓴 것 같은 모습을 한 아무개가 나에게 나타났다. 나는 그때 '바로 이거다' 하는 생각이 들었다. 그는 화상을 입었고 그로 인해 수염이 다 타버리고 없었다. 그 모습에 수염

하나 붙여준다면 그는 영락없는 달마가 되겠구나 하고는 그의 달마적 자화상을 그려 주게 되었다. 그런 인연으로 그와 나는 가까운 도우가 되었고 지금도 자주 래왕을 하는 사이가 되었다. 그때 내가 그려준 수염달린 자화상을 자기 방 문전 위에 높이 붙여놓고 오가는 사람들에게 좋은 산방한담山房閑談이 되고 있다고 한다. 그 스님이 지금 내가 전에 만들어 놓은 그 토굴에서 정진을 한다니 그것 또한 우연이라고 할 수 없을 것이다. 그곳은 고려시대 태고보우太古普雨 국사스님이 정진하고 열반한 도량으로 국사스님께서 처음 그곳에 머물면서 왕사가 된 곳이라 지금도 그곳을 왕방王坊이라 지칭한다.

은을암에서 탈탈이와 함께

경남 울주군 척화리에 가면 은을암隱乙庵이라는 그윽한 절이 있다. 산이 깊은 듯 하면서도 깊지 않고 낮은 듯 하면서도 낮지 않아 적당히 산을 오르면 인가가 멀리 떨어져 있는 것이 산세 좋고 물 좋고 기도하기 좋으니 이만한 곳도 그리 흔치 않으리라.

은을암에서 기도를 하게 된 까닭도 그곳 주지스님과 도반이라는 이유도 있었지만 무엇보다 기도를 할 수 있는 환경이 좋기 때문이었다. 아무튼 십수년 전 그곳에 잠시 머물며 기도를 할 때였다. 누구나 다 그러하겠지만 나는 출가를 해서 가끔 기도를 하고 지냈다. 특히 지장기도를 많이 했는데 그 까닭은 지장보살의 대원大願 때문이다. 지장보살은 원력을 세우기를 지옥중생 다 건진 후에 성불한다는 것이다. 삼칠일(스무하루) 동안 매일 기도하고 잠시 쉬다가 음력 18일이 되면 다시 지장보살 기도를 시작한다. 기도 시간은 하루 네 번, 새벽 세 시부터 두 시간씩 밤 여덟 시가 되어야 하루 기도가 끝난다. 내가 기도를 시작한 때는 음력 5월 18일쯤으로 기억된다. 한더위에 삼칠일 기도를 세 번하고 나니 석 달이 지나갔다.

절에서 생활하는 수양인은 대개 스스로를 위한 기도를 많이 한다. 나 역시 자신을 위해 기도를 한다. 기도란 반드시 연결성이 있어야 하는데, 기도할 때만 기도가 되고 기도하지 않을 때는 기도가 아니라면 진정 제대로 기도를 한다 할 수 없을 것이다. 그러나 기도를 한다 해서 하루 온종일 법당에서 목탁을 치거나 머리를 조아리며 할 수는 없는 것이다.

나는 사시巳時 공양기도가 끝나면 점심 공양을 한 후 곧장 등산을 하는데 거의 빠뜨리지 않고 충실하게 해왔다.

그러던 어느 날 척화마을 어귀에서 어린 고양이 한 마리를 발견했다. 고양이는 곧 죽을 것만 같았다. 나는 새끼고양이를 가슴에 보듬고 절로 돌아와서 먼저 우유를 먹인 후 목욕을 시켰다. 그렇게 간호하고 보살펴 주었더니 시름시름하던 새끼고양이가 건강하게 잘 자랐다. 처음에는 고양이 이름을 해탈解脫이라 지었다. 어서 해탈하기를 바라는 마음에서였다.

그러다 새끼고양이는 점차 덩치가 큰 고양이로 변했고 조금은 해탈의 즐거움을 얻은 듯 내가 법당에서 기도를 하면 법당 앞에서 자리를 뜨지 않았다. 문제는 방안에 들어오면 나가지 않으려 해서 애를 먹을 때가 많다는 것이었다. 그렇지만 해탈

干末無佛衆生
心即是佛々々即是心若
有心外佛々々在何處

庚辰辛立秋
三角山沙門
堤 □書

이가 너무도 귀여웠다. 멀리서 내 모습을 보고 달려오는 건 보통이고 산꼭대기에서도 부르면 달려온다. 그것도 그냥 오는 것이 아니라 반드시 대답을 한다, "야옹" 하면서 말이다. 그런 해탈이에게 나는 다시 호를 하나 내려주었다, 탈탈脫脫이라고. 해탈 또 해탈해서 어서 축생의 보를 벗어나길 바라는 마음에서였다. 나는 매일같이 산등성이를 오르며 "탈탈아!" 하고 불렀다. 그러면 어김없이 "야옹" 하면서 좇아온다. 산중턱에 있건 골짜기에 있건 내 소리만 들리면 곧장 달려온다. 그러니 어찌 고양이를 싫어하거나 멀리 할 수 있을까. 아무리 험악하게 생기고 사나운 성질을 가진 짐승도 사람을 무서워한다. 이런 짐승들조차도 사람이 진정으로 보살피고 사랑을 내려주면 사람을 따르고 순종한다. 고양이도 역할이 있고 개도 역할이 있다. 그러니 함부로 구박하지 말자. 나는 탈탈이와 함께 설악산 등반을 하고 싶었는데 이루지는 못했다. 탈탈이에게 미안하다. 다음 생엔 꼭 사람으로 태어나길.

꿈에 큰 깨달음을 얻다

1972년 대구 팔공산 동화사에서 수계를 한 후 나는 잠시 머뭇거렸다. 처음에는 해인사를 향해 출가 의지를 지니고 갔었지만 잠깐 머물기만 하고 수계는 팔공산 동화사에서 경산스님을 은사로 득도得度하게 되었다.

행자行者 생활은 만만치 않았다. 나와 함께 생활하는 행자가 열여덟 명이나 되었고, 내 나이 십구 세였으니 대체로 나보다 나이가 많았다. 행자 생활은 비록 고단했으나 출가를 했으니 반드시 수계를 해야 한다는 일념으로 그토록 힘든 행자 과정을 마치고 기대하던 수계까지 마쳤다. 그러던 어느 날 갑자기 후회가 물밀 듯 밀려오지 않는가. 내가 어린 나이에 세상을 등지고 이곳에 온 것이 진정 불심이 있어서 온 것인지 세속을 피하여 온 것인지 스스로 반문하고 또 생각하다가 수계한 지 불과 열흘이 못되어 나는 하산을 해야겠다고 결정했다. 그렇게 결정하기까지는 짧은 시간이었으나 많은 번민을 거듭했다. 내가 내린 결론은 나는 불심이 없다는 것이었다. 아니 불심이 뭔지 조차 제대로 이해하지 못했다고 할까. 그저 단순하게, 세속이 싫어서 잠시 그곳에 머문다는 생각이 들면서 나 자신이 부끄러웠다. 과연 앞으로 이 길을 계속 갈 수 있을까 하는 의심에서 나는 세속을 향하기로 결심하고, 끝내 승복을 벗고 입산 당시에 입고 온 허름한 작업복 바지 하나 걸치고 팔공산에서 대구로 향하는 버스에 몸을 실었다

　버스에서 흘러나오는 음악이 마음을 더욱 착잡하게 짓눌렀다. 그토록 힘든 과정을 미치고 대자유인의 길을 택했다는 생각에 환호하던 순간들이며 승복을 벗은 내 모습하며, 만 가지 생각이 머리를 흔들었다. 정말 괴로웠고 정말 슬펐다. 버스가 대구 시내에 들어서는 순간 나는 동화사에서 나를 아껴주고 격려해준 스님이 생각났다. 그 스님은 구참久參 납자로서 범인이 이해할 수 없는 법력이 있어 보이는 그런 분이셨다. 마침 스님께서 금당선원에서 잠시 벗어나 동화사 말사 주지로 갔다고 들은 기억이 있던 터였다.

　그곳은 대구에서 조금 떨어진 달성군 가창 우록에 있는 남지장사였다. 발길을 돌려 남지장사로 갔다. 역사가 꽤 오래된 고찰로 산세도 좋고 가을걷이를 크게 준비해야 할 만큼 토지가 많았다. 산내는 특히 감나무가 많았는데 감이 한창 무르익고 있었다. 마침 남지장사에는 동화사에서 함께 수계했던 스

是甚麼

님을 비롯하여 열 명 가량 스님이 있었다. 나는 갓 승려가 된 까닭에 그저 시키는 대로 일을 도왔고 스님들 시중을 거들었다. 그렇게 가을걷이가 끝날 무렵, 스님들이 하나 둘 그 절을 떠나갔다. 그곳 주지스님이 선방에서 명망높은 입승入繩 스님이었는데, 입승이라는 위치가 선방 공부를 해나가는 수장격인데다가, 그분의 성격이 워낙 괴팍하기로 소문이 났으니 근기가 약한 스님들은 아마도 견뎌내기가 힘들었을 것이다. 한 사람 두 사람 남지장사를 떠나기 시작하더니 가을걷이를 다 마치기도 전에 전부 떠나고 말았다. 나와 주지스님 단 둘이 남았다. 스님은 하루 나를 불러놓고 곧 기도를 시작할 터이니 기도하기 전에 몸을 다스리기 위해 쌀로 엿을 만들어 먹자고 하시는 것이었다. 나는 그저 신기하고 궁금했다. 쌀로 어찌 엿이 될까. 먹을 것이 흔치 않고 간식 또한 챙기기 힘든 시절이었다.

엿을 만들려면 길금과 찹쌀을 찐 고두밥이 있어야 했다. 스님과 단 둘이 살면서 엿을 만든다고 장작불을 얼마나 지폈는지 방구들 장판이 검게 타 버렸다. 그래도 한참 애를 쓴 보람은 있어서, 처음에는 조청이 만들어지더니 다시 계속 다리자 붉어지다노랗게 물든 생엿이 만들어졌다. 그날 속이 아리도록 조청과 엿을 먹었다.

다음 날부터 우리는 지장기도를 하게 되었다. 주지스님 말씀이 옛 스님들은 참선을 하다가도 간간이 기도를 했는데, 특히 지장기도는 업장을 소멸하는 데 아주 좋은 기도가 될 터이니 함께 기도하자고 하여 그렇게 하기로 했다. 기도시간은 하루 네 번으로 새벽에 두 시간, 사시(오전 아홉 시에서 열한 시)에 두 시간, 오후 두 시간, 저녁 두 시간, 이렇게 하루 여덟 시간 기도를 하는데, 스님이야 오랫동안 수양을 해왔으니 잘 할 수 있겠지만 나는 갓 중이 된 터라 기도를 따라 하기가 여간 힘들지 않았다. 대웅전이 멀리 떨어져 있는 관계로 청련암 큰방에서 기도를 하는데, 나무로 군불을 넣는 방이라 방안에 훈기가 대단했고 그것이 견디기 더 힘들었다. 잠을 쫓아버릴 수가 없었다. 행자 때 이미 수행에 있어 수마睡魔가 가장 큰 장애가 된다는 것을 알긴 했지만 막상 수마와 싸우며 기도를 하자니 나로서는 감내하기가 여간 힘드는 것이 아니었다. 엊그제 중이 되어 참선을 제대로 했나, 기도를 제대로 해 봤나, 그저 주지스님을 따라 함께 한다는 것이 너무도 힘들기만 했다.

삼칠일기도인지라 그럭저럭 스무날이 지나 다음 날이면 *회향廻向을 하게 되는데 스님이 나를 부르셨다. 내가 스님 앞에 앉자 대뜸 "지연수좌, 혹 꿈꾸지 않았나?" 하고 물으시는 게 아닌가. 사실 나는 전날 밤에 정말 좋은 꿈을 꾸었다. 나의 스승이 당대 최고의 고승 중에 한 분이라 여기고 있었는데 꿈속에서 스님이 제자들을 불러모으고 법문을 하시는 것이다. 나는 그 법문을 듣는 순간 크게 깨달음을 얻었다. 그 순간, 어

---

*회향 자기가 닦은 선근 공덕을 다른 중생에게 돌려 주어 함께 불도에 향하게 함.

떤 표현으로도 다할 수 없어 나는 꿈속에서 어찌할 바를 몰랐다. 깨달음이란 바로 이런 것이구나 하며 춤을 추고 싶은 심정이었다. 예전에 고승들이 깨달음을 얻으면 너무도 좋아서 덩실덩실 춤을 추기도 했다는데 그날 그것이 실감이 났다. 그 꿈을 꾼 지 삼십 년이 되었는데 지금 이 글을 쓰는 순간에도 그 꿈의 황홀함을 잊을 수 없다. 그날 내가 스님의 물음에 꿈속에서 깨쳤다는 말씀을 드렸더니 스님은 박장대소하시더니 "네가 기도의 가피를 입었구나. 앞으로 스승을 이을 재목이 되길 바란다"는 말씀을 하셨다.

나는 당시 아무것도 모르는 어린 동자에 가까운 승려였지만 기도의 공덕, 기도의 가피, 특히 지장기도의 대원大願이 무엇인지 알 수 있게 되었다. 그것이 계기가 되어 지금도 어려운 일이 있으면 삼칠일 지장기도를 한다.

화암리 토굴 생활

화암리는 강원도 정선군 동면에 위치하고 있는데 그림바위
가 즐비하게 펼쳐져 있어 화암리다.

내가 그곳에 가게 된 것은 몸이 안 좋아서였다. 사경의 늪에
서 허우적거리다 겨우 회복을 해 나갈 때였다.

마침 그곳에는 서암이라는 스님이 먼저 와 있었다. 서암스
님과 나는 팔공산 동화사에서 함께 수행한 사형사제 관계로
서로 잘 아는 터라, 몸이 좋지 않았던 나는 빨리 회복을 해야
겠다는 강한 집념에서 거기까지 가게 되었다. 화암리는 산 빛
도 좋고 공기도 좋지만 물이 좋기로도 유명하다. 그곳에는 약
수터가 있는데 철분이 다량 함유되어 있으며 탄산성분까지 있
어 바위나 돌 틈이 황갈색으로 물이 들고 물맛은 사이다처럼
톡톡 튄다.

내가 갔을 때는 토굴이 거의 완성되어 있었다. 서암스님과 공양주 보살 이렇게 두 분이 계셨는데 알고 보니 당시 이백만 원의 사비를 공양주 보살이 보시하여 토굴을 짓게 되었던 것이다. 그리고 동면 면사무소에서 사찰을 짓는다는 것을 알고 길을 닦는 데 큰 힘이 되어 주었고 법당을 지을 때 폭약까지 지원해 주었다고 했다.

우리는 특별한 환경에 특별한 만남을 이루었다고 해서 호칭도 유별나게 정했다. 나보다 십 년 이상 연상인 서암스님은 '상사'가 되고, 나는 '중사'가 되며, 공양주 보살은 '하사'가 되었다. 그래서 나를 부를 때면 "어이 중사……" 이렇게 했다.

그 해는 매우 추웠다. 영하 이십 도를 오르내리는 추위에 계곡은 꽁꽁 얼어붙었고 내가 거처하는 방은 돌과 흙을 적당히 주물러 만든 집으로 마르기도 전에 추위에 얼어서 불을 지피면 벽지 사이로 물이 줄줄 흘렀다.

그때 나는 나 자신에 대해 많이 생각했다. 내 나이 스물 세 살이 되던 때인데, 절에 들어온 지 사 년만에 큰 병을 얻어 죽느냐 사느냐 하는 생사의 기로에 섰다가 회복을 거의 눈앞에 둔 시점에서 보니 지난 몇 년간의 수행 생활이 부끄러웠다. 출가를 해서 제대로 수행을 하지 못해 그런 병이 생겼다는 생각도 들었고 시간이 소중하고 세월이 무상하다는 것을 더욱 실감하지 않을 수 없었다.

그런 관계로 마음을 크게 다잡으려고 작정을 했다. 우선 밤 열두 시가 되기 전에는 허리를 바닥에 눕히지 않겠다, 또한 두 가닥 나무로 걸쳐져 있는 선반 위의 이불을 내리지 않겠다, 여기서 공부하다 이 생명 다 바치겠다는 그런 각오를 갖게 되었다.

이렇게 큰 다짐을 한 가운데 새벽 네 시에 기상을 하고 새벽 참선과 아침운동 겸 장작패기를 했다.

그곳은 당시 첩첩산중이었다. 그러므로 방을 따뜻하게 하는 것도, 밥을 하는 것도, 국을 끓이고 찬을 하는 것도 모두 나무를 때서 하는 수밖에 다른 방법이 없었다. 잠시 쉬는 틈틈이 산에 가서 나무도 해오고 때가 되어 공양주 하사가 밥을 할 때면 장작을 패기도 했다.

그러한 일과 속에서 빠뜨릴 수 없는 섯이 약수터에서 물을 떠오는 것이었다. 토굴에서 약수터까지는 약 1킬로미터 남짓했다. 그 해는 정말 무척이나 추웠다. 그래도 그 약수 먹기를 빠뜨리지 않았다. 생사의 기로에서 살아났다는 생각에 맑은 정신으로 공부에만 전념할 수 있었으니 얼마나 다행하고 다행한 일인가. 물론 금방 흙과 돌로 주물러 만든 토굴이라 제대로 절로써 자리가 잡히지 않아 그곳에 절이 있는지, 스님들이 수행을 하는지 사람들이 잘 알지 못했기에 때때로 바랑을 을러 메고 쌀을 구하러 나간 적도 있다. 물론 길거리나 가가 방문식으로 하지는 않았다. 주로 살림살이가 넉넉해 보이는 사찰에 가서 얻어 왔다. 보덕사에도 갔고 고한의 정암사도 갔다. 아무튼 도움을 준 그 스님들께 늘 고맙다는 생각을 한다.

그러던 어느 날 정선 읍내에 있는 포교당에서 연락이 왔다.

매주 일요일 중고등불교학생회에 법문을 해 달라는 것이다. 절에는 상사가 있지만 내가 가기로 했다. 매주 토요일 오후면 동면에서 버스를 타고 정선읍에 가는 즐거움도 있었다. 다음 날 법회를 하기 위해 하룻밤 유숙하는 곳이 그곳 고등부 여학생 집이었는데 그 집은 하숙을 하는 집이라 항상 방이 마련되어 있었다. 내 나이도 스물셋밖에 안된 때라 여고생이며 남학생이며 아이들하고 어울리는 것이 더없이 즐거웠다. 특히 하숙집 고등부 여학생은 꽤 예뻐 보였다. 한두 번도 아니고 매주 토요일에 가서 하룻밤 묵고 식사 대접까지 받으니 은근히 기분 좋고 고마웠다. 지금 말이지만 강원도 하면 인심아니던가. 하숙집도 그러했지만 더욱 고맙고 놀라운 사람들이 있었다. 내가 있는 토굴 위로 조금 올라가면 화전민火田民이 있었는데 글자 그대로 화전을 일구어 농사를 지으니 쌀 한 톨 나올 리 없었다. 그러한 환경 속에 오직 옥수수만 농사해서 그 옥수수를 팔거나 쌀로 바꾸었다. 옥수수와 쌀의 가치는 큰 차이가 있었다. 옥수수 한 가마 갖다주면 쌀 한 말 받을까말까 할 정도였다. 그런데 그 피땀으로 농사지은 옥수수를 쌀로 바꿔 그 산골짝에서 내가 있는 토굴에 한 말씩 가져오는 것을 보고 참으로 감격하지 않을 수 없었다.

그럭저럭 그러한 혜택과 즐거움을 만끽하면서 토굴 생활을 해오던 차 봄이 문턱에 들어서자 내 몸은 거의 완전하게 건강을 찾고 있었다. 스승과 도우道友를 찾고 그리웠던 얼굴도 보고 싶다는 생각으로 그곳 토굴불암(사)을 떠나게 되었다.

막상 떠난다고 상사에게 말을 했더니 섭섭한 기운이 역력히 보였고 돈이 없다고 하면서 내게 오백 원을 쥐어 주었다. 나는 그 오백 원을 가지고는 내가 가고자 하는 남쪽으로 갈 수가 없어 동면의 반대 방향으로 산을 넘어 별어곡(강원도 정선의 산골 역)을 향해 걸음을 옮겼다.

용꿈 꾸던 날

나는 입산을 하려고 무작정 집을 나왔다. 스스로 머리를 깎고 허름한 바지 차림에 가방 하나 들고 길을 나섰다. 사실 진정한 출가가 무엇인지 제대로 알고 있었던 건 아니었다. 그저 세상살이 힘들어 가는 줄로만 알았던 것이다. 그래도 다행한 생각은 불교의 창시자이신 석가모니가 육 년 고행을 했고 그것을 통해 큰 깨달음을 얻었다는 말씀은 늘 가슴에 담고 있었다. 나도 석가가 걸었던 그 길을 가겠다는 생각에 몸에 지닌 것 하나없이 집을 떠나 굶주리며 걷고 또 걸었다.

오뉴월 뙤약볕이라 무척이나 힘든 행보였다. 가다 보니 남천강이 보였다. 나는 얼른 그곳으로 가서 멱을 감고 허기가 지면 마을에 들러 주린 배를 채우기도 했다. 가다 보니 고향땅 양산이 저만치 보이는가 싶더니 밀양 어느 사찰에 이르렀다.

밀양 단장면에 있는 관음사라는 절이었다. 피로에 지치고 굶주리기까지 한 나로서는 고요한 절간에서 하루를 쉴 수 있다는 것만으로도 흡족하고 또 흡족할 뿐이었다.

그곳에는 통도사에서 오랫동안 수행을 하셨다는 주지스님과 행자, 처사 공양주 등 몇 명의 대중이 있었다. 주지스님께 출가를 하려고 가던 중 잠시 들렀다는 말씀을 드렸더니 출가를 하려면 큰 사찰을 찾아야 하고, 그곳에서 큰 사찰을 찾는다면 대구 동화사나 합천 해인사가 좋을 것 같은데 이왕이면 해인사에 가는 게 좋을 것 같다는 말씀을 하셨다.

내 마음속에는 출가 의지가 확고했다. 그날은 관음사에서 유숙하기로 했지만 이제 내일이면 해인사로 갈 수 있다는 생각으로 마음이 설레었다.

풋풋한 풀냄새와 풍경이 들려주는 소리, 곤충들의 속삭임 그 모든 것이 다 산사의 향기로 다가왔다. 내일이면 해인사에 입산을 한다는 부푼 희망을 안고, 잠을 청하려 했지만 좀처럼 잠이 오지 않았다. 그러다 피로에 지친 몸뚱이라 어쩔 수 없이 잠에 빠져들었고 나는 긴 꿈을 꾸었다. 청운의 꿈이 바로 이런 것인가 하는 그런 꿈이었다. 꿈속에서 나와 형편이 비슷한 그 절 행자와 함께 도량을 거닐고 있었다. 그런데 바로 내 앞에 또아리를 튼 듯한 큰 구렁이 같은 것이 있어 놀라 소리치며 손가락으로 가리키는데 그것이 용이 되어 승천을 하는 것이 아닌가. 나는 바로 '용이 승천한다!' 라고 외쳤다. 그것을 용이라 여긴 이유는 그것의 길이가 15미터정도 되었고 하늘을 날 때

본래 달 만은 오감이 없었다 흔적조차 없으랴
중생이 청정하면 달 마음 그대로 달 마음
미혹하면 마음이에 불과하다 不識

癸亥로 年의해 삼각산인 제운

두 발이 보였기 때문이다. 나는 이것이 바로 용이구나 하며 놀란 가슴을 어루만지다 꿈에서 깼다.

기분이 참 좋았다. 내 인생의 전환점에서 그런 꿈을 꾸었다는 생각에 정말 기분이 좋았다. 예로부터 이무기가 뜻을 이루면 용이 되어 하늘로 승천한다는데 아무튼 큰 변화를 예고하는 것 같은 꿈이었다.

나는 지금도 그 꿈을 떠올릴 때면 남천강 구비구비 돌아 대비사의 노스님 말씀이 생각난다.

"중이 가는 길은 세속의 꿈을 버리고 금생에 자기 자신의 길을 닦고 가는 것이지."

통도사와 모기

　통도사通度寺 하면 신라시대 자장율사가 창건한 사찰로 한국의 사찰 중에 가장 많은 토지를 소유하고 있다.

　우리나라 삼보三寶사찰의 하나며 불지종가佛之宗家다. 불지종가란 부처님이 계시는 본가라는 뜻이다. 통도사에 부처님의 진신사리眞身舍利가 모셔져 있기 때문이다. 그렇기 때문에 통도사 법당엔 불상이 없다. 법당 안은 장엄하기가 그보다 더할 수 없고 내부 공간 양쪽을 떠받드는 기둥이 시간과 공간을 뜻하는 매우 재미있는 배치가 되어 있다. 본래 연못이 있던 자리를 메워 사격寺格을 갖추었고 건물 수가 육십 여 채가 넘을 정도로 웅장하고 장엄하다. 그로 인해 자연히 온갖 설이 만들어져 내려오는데 한 가지만 든다면 하루에 떨어지는 문빗장 쇳가루가 한 움큼씩이나 된다는 등 이루 헤아리기 어렵다.

통도사는 대찰이며 어느 한두 군데가 중요한 것이 아니라 통도사 모습 전체가 다 국보 이상이다. 통도사에 가끔 들를 때마다 사찰이 없었다면 이만한 아름다움이 이곳에 있었겠는가 하는 생각을 할 때가 많다.

내가 통도사에 *방부房附를 늘 드린 것이 1973년이었다. 통도사 하면 내게 가장 먼저 떠오르는 것이 그 흡혈귀와도 같은 모기다. 통도사 같은 대가람 사찰에서 연상되는 것이 모기라 하면 사람들이 웃겠지만 사실이다. 당시 여름날, 학인으로 공부를 할 때였는데 그놈의 모기가 얼마나 사람의 정신을 흔들어 놓았던지 지금 생각해도 아찔할 뿐이다. 특히 통도사는 모기가 많고 독하기 때문에 방에는 반드시 방장을 쳐야 했다.

절에서는 항상 이른 새벽에 일어난다. 새벽예불 때문이다. 불가에서는 게으름을 쫓기 위해 예불을 한다고 한다. 아무튼 큰 사찰에서는 단 하루도 새벽예불에 빠질 수 없다. 여러 대중이 거처하고 수행하는 스님들이 모여서 생활하는 곳이기 때문에 엄격한 규율을 지켜야 하고 그 규율 중 하나가 새벽예불이다. 스님들 하루일과는 새벽 세 시부터 밤 아홉 시까지다. 밤 아홉 시부터 씻고 잠잘 준비를 하여 아홉 시 삼십 분이면 반드시 잠을 자야 한다. 그렇지 않으면 그것 또한 규율을 어긴 것이 되고 곧 처벌을 받는다.

절에는 대중방 또는 큰방이 있는데 방 하나가 어찌나 큰지

---

*방부 안거 동안 그 절에서 머물겠다고 알리고 허락을 받는 절차.

雨と與山
俱に白
山と雨と不
分形
雨の收獨
山立
一笋
千峰二

辛巳年風掃落葉
三月山初日 堤雨

일반 기준으로는 상상키 어렵다. 일백 명 정도가 앉아서 밥을 먹을 수 있는 크기이니 짐작하리라 생각한다. 그 큰방이 바로 공양(식사)하고 회의하고 공부하는 다목적 공간인 셈이다. 밤이 되면 그 큰방에 큰 방장을 치고 공부를 하다 그 속에서 잠을 잔다.

가끔은 무심결에 방장을 들추고 출입하다 모기라도 한 마리 침입하면 큰 소동이 난다. 불가에서는 살생을 금하니 모기를 잡긴 하되 죽이지는 말아야 하는데 이것이 쉽지가 않다. 모기를 잡으려면 손바닥으로 탁 쳐야 하는데 탁 치되 죽지 않을 만큼 쳐서 잡아 밖으로 내보낸다는 것이 여간 어려운 일이 아니다. 학인스님이 출입하다 모기가 들어 왔다 하면 그 또한 규율을 어긴 것이 되어 윗스님 내지 소임자로부터 주의를 받는다.

하루는 새벽에 일어나 법당 예불을 할 때다. 이놈의 모기가 얼마나 독한지 발등을 연발탄 쏘듯 쏘는 것은 다반사고 두꺼운 장삼자락까지 뚫고 들어와 속살을 쏘는 바람에 어찌나 놀랐는지 모른다. 흡혈귀와 같은 모기가 그날따라 몹시도 정신을 흔들어 놓았다. 나는 더 이상 참을 수가 없었다. 모기를 피한다고 피해지지도 않고 해서 큰방 건너편 계곡으로 갔다. 깊은 곳은 사람 키보다 더 깊기도 한데 나는 장삼을 벗어 던지고 물 속으로 텀벙 뛰어 들었다. 산 계곡 물이라 여간 차지 않았다. 그렇게 하고 나면 상당한 시간 동안은 모기의 근접을 막을 수 있다. 모기라는 놈이 본시 습한 곳에서 나온 태생 때문에 사람의 몸에 더운 습기가 있으면 더욱 공격을 해 온다. 그 습

기란 바로 칙칙한 땀 같은 것이다.

아무튼 통도사는 대찰이요, 산과 계곡 무엇 하나 부족함이 없는 명찰이고 보니 내가 그곳에서 학인으로 있으며 불교 공부하던 생각, 또 안내하는 소임을 맡아 국내외 사람들을 안내하던 생각이 난다. 하루는 영화배우 최은희씨가 그의 동료와 함께 나의 안내를 받고는 파초 앞에서 함께 기념사진을 찍고 나서 이천 원을 주었다. 소위 안내에 대한 팁이었던 셈이다.

사찰은 관광객이 많이 찾는 곳이라 세련된 문화도 빨리 전해진다. 팁을 사양하기도 하지만 어쩔 수 없이 받기도 했다. 그날 2천 원이 학인인 나에게는 꽤 큰돈이었고 학비에 보태 쓸 수가 있어 좋았다.

속리산의 밤

1974년 이른봄이었다. 그 해는 유난히도 눈이 많이 왔다. 온 산이 눈으로 하얗게 덮여 있었다.

내 나이 스물 하나였다. 방부를 드리기 위해 객실에서 이삼 일 있었던 기억이 난다. 그 전에 통도사 강원에서 이곳으로 옮 겨오고자 방부드릴 준비를 하던 때, 몇몇 스님들이 나와 합류 하게 되었다.

그때부터 법주사 생활은 시작되었고, 나는 처음 치문緇門반 으로 들어갔다. 치문이라는 말에는 먹물옷을 입고 들어간다는 뜻이 담겨 있다.

각기 소임을 배정받는데 나는 서기를 맡았다. 예나 지금이 나 필체가 좋지는 않았지만 소임이 소임이니만큼 매일 사중의 일기를 써야 했다. 필체가 좋지 못해 천천히 쓰다 보니 글을 쓰는 것이 아니라 그리는 것이 되었다. 매일 새벽 세 시에 기상을 해서 밤 아홉 시까지 공부를 하고 곧 소등을 한다. 소등을 할 때면 그 큰 사찰이 일시에 암흑으로 변한다. 그 시절 그렇게 늦게까지 공부를 하고 그래도 모자라서 어떤 스님들은 이불 속에서 손전등을 비춰가며 공부를 하다 입승立繩 또는 찰중察衆스님에게 들켜 혼이 나기도 했다.

점심공양을 하고 나면 일부 스님들은 책보는 것이 고단하여 오수午睡를 즐기기도 하지만 대부분 스님들은 운동을 하거나 등산을 한다. 당시 법주사 스님들이 배구를 잘한다고 소문이 나서 원정오는 팀이 있을 정도였다. 탁구장을 비롯해서 요즘 헬스기구만은 못하지만 평행봉·역기·아령 등을 갖추고 있었다. 나는 그중에서도 탁구를 가장 즐겨 했고 또 시간이 나는 대로 등산도 했다.

속리산俗離山하면 글자 그대로 세속과는 거리가 동떨어진 특별한 곳을 연상하게 된다. 말티고개 너머로 차가 다니니 그렇지, 만약 말티고개를 차가 넘지 못한다면 정말로 첩첩산중이 그보다 더한 곳이 어디 있으랴. 속리산은 산세도 빼어날 뿐더러 그 유명한 문장대며 비로봉·수정암·치마바위 등 명산 중에서도 명산이 아닐 수 없다.

나는 그럭저럭 치문을 마치고 사집四集반으로 올라갔다. 소임도 당연히 바뀌어서 '사찰안내'를 하게 되었다. 그런 소임 관계로 외부사람과 접촉이 좀 용이해졌다. 어느 날 서울신문 기자와 조선일보 사장 비서라는 여자 두 분이 그의 모친 한 분

을 모시고 법주사를 찾아와 절에서 하루를 묵게 되었다. 나는 그들에게 절을 소개하면서 평소 일반인에게는 개방되지 않은 속리산 뒤편 계곡으로 안내를 했더니 그들은 무척이나 좋아했다.

그날은 음력 유월 보름이었다. 달이 휘영청 밝으니 과연 속세를 떠나 속리산이었다. 속리산은 더욱 아름다웠다. 그야말로 산침침 수잠잠山沈沈 水潛潛이었다. 함께 간 일행도 너무나 좋아서 황홀지경인 듯했다. 상상해 보라. 달이 휘영청 뜬 고즈넉한 산사의 뒷 계곡을 스님 앞세우고 거닐고 있는 광경을……. 우리 일행은 계곡 여기저기 흩어져 앉아 각기 이런저런 이야기를 나누던 끝에 즉흥시 한 수를 지어보기로 했다. 막상 시를 짓기로 했지만 쉽게 떠오르지 않았다. 나는 그간 조금 배운 실력으로 한시 한 구절을 읊었다.

고산청송일락서 高山靑松日落西
저저유수월자생 低低流水月自生
욕세여인유유수 慾世女人遊流水
어산승심회가견 於山僧心懷可見

높은 산 푸른 솔 해 서산에 지니
산아래 흐르는 물 달빛이 어리고
세속의 여인이 유수에서 노니는데
산승의 마음 깊은 곳에 사랑이 이는구나.

이 구절을 지어 즉석에서 읊고는 밤이 깊은 줄 모르고 시간을 보내다 삼경이 다 되어 돌아왔다. 그렇게 속리산의 밤은 깊어만 갔다.

도솔암의 일상

도솔암은 경북 청도 화악산 중턱에 있다. 제9교구 본사 동화사 말사인 적천사 산내에 있는 작은 암자로 지형이 높아 한번 찾기가 쉽지 않다. 내가 그곳 암주로 머물 때는 택시가 어느 정도 힘이 되어 주었다. 다행스럽게도 산길이 제법 닦여 있어 오르내리는 데 큰 도움이 되었다. 내가 머물기 몇해 전만 해도 그곳은 참으로 험한 곳이었다.

도솔암은 아주 작은 암자에 속하지만 다른 암자와 견줄 수 없는 특별한 데가 있다. 정남향으로 위치해 있고 멀리 밀양읍 내까지 보일 정도로 시야가 확 트였기 때문이다. 눈앞에 펼쳐진 산주름은 셀 수가 없고 물과 공기 또한 견주기 어려울 정도로 맑다. 그런 곳이니 큰 고승들의 발자취가 어찌 없겠는가. 내가 그 암자에 암주로 가기 직전에는 본사 동화사에서 주지를 하신 혜종스님이 주지자리를 떠나 그곳에 머물었고 그 앞서는 당대 걸승이라 할 수 있는 불국사와 법주사 문중의 거장이자 조실祖室스님인 월산스님께서 보림하신 것으로도 유명하며, 더 이전에는 조계종 통합종단 초대 종정이신 효봉스님이 역시 수행의 일환으로 머물렀던 그러한 명당이다.

대개 고승들은 풍수에 능하다. 그곳이 양지인지 음지인지, 수행이 되는 곳인지 방해되는 곳인지 다 안다고 할 수 있다. 내가 그곳에 갔을 때는 전기도 없었고 겨우 비상전화만 놓고 생활했다. 앞서 선각들이 즐비하게 거쳐간 곳이라 나 역시 아무렇게나 지낼 수가 없었다. 새벽 네 시 삼십 분에 일어나 밤 열 시에 잠자리에 드는 생활을 하면서 시간이 나는 대로 책을 읽고 좌선을 하고 기도며 서예를 했다. 얼마 후 공부하는 학생들을 좀 받게 되었는데 사찰재정에 큰 도움이 되었을 뿐만 아니라 지대가 높은 도솔암 생활에 필요한 신도들의 공양미 등을 운반해주는 역할을 충실히 해 주었다. 당시 방 한 칸 빌려주면 이십만 원정도 받았는데 나는 십만 원만 받았다. 그들이 짐꾼 아닌 짐꾼 역할을 해주었기 때문이다.

그러던 어느 날 전기가 들어왔고 텔레비전을 볼 수 있게 되었다. 텔레비전에 시간을 뺏기는 사람은 절의 대중이 아니라 대학입시 재수생 및 고시생들이었다. 그들은 공부를 더 잘해보려고 높은 산 암자에까지 왔지만 세속의 번화한 환경 속에 젖어 있던 터라 고요한 절간에 적응하기가 쉽지 않았다. 그러므로 때때로 텔레비전을 보려 했고 나는 학생들이 텔레비전을

心外無物

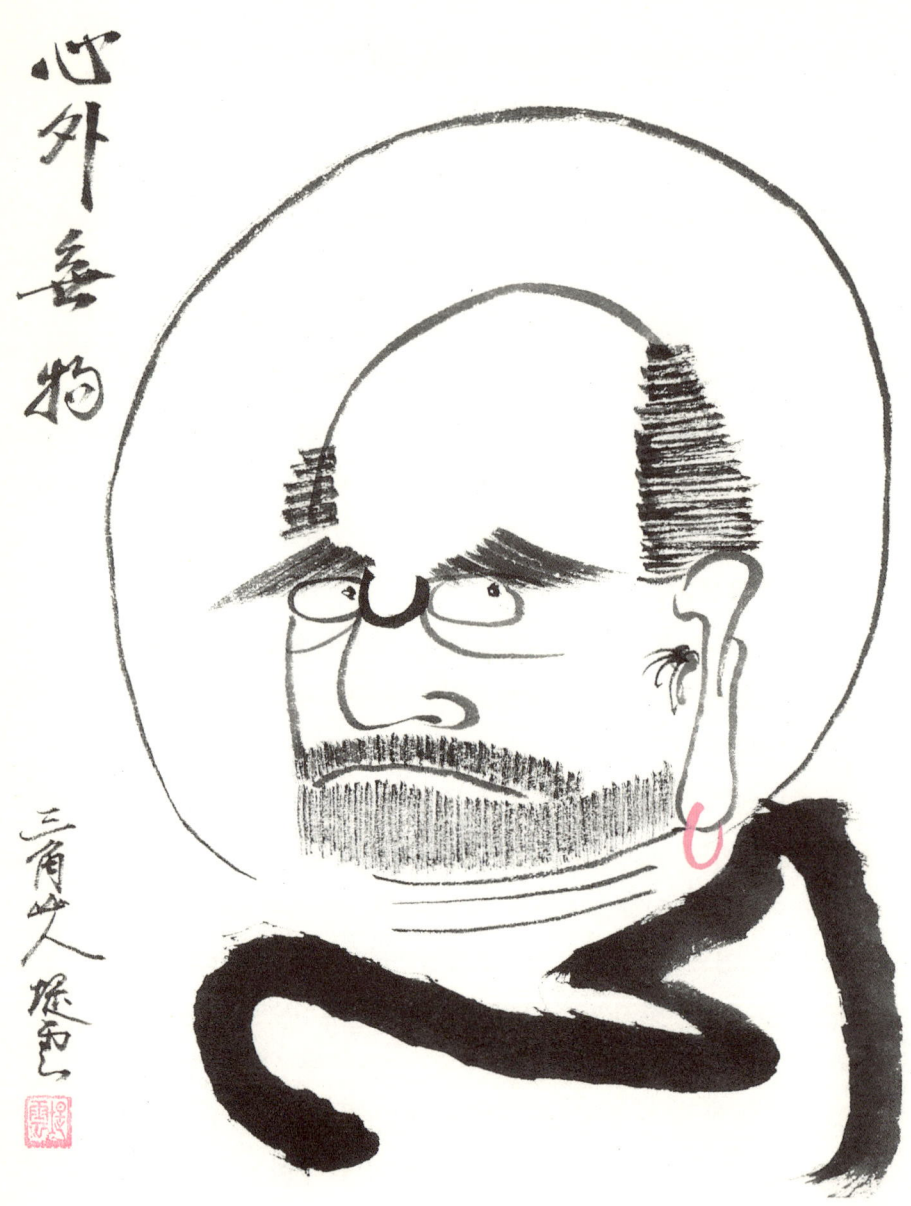

三角火堰

보지 못하게 통제를 하기도 했다. 그러던 어느 날부터 텔레비전을 보되 일요일, 그것도 스포츠 프로만 볼 수 있도록 허락했다.

나는 새벽부터 밤 열 시까지 쉬지 않고 수행이든 공부든 뭐든지 열심히 하려고 했다. 잠시 쉴 때면 화악산에 올라 등산의 즐거움을 갖고 때론 사람의 발길이 닿지 않는 심산계곡을 찾기도 하고 밥과 고추장을 가지고 산두릅을 따서 먹기도 하며 지냈다.

나는 한 달에 한두 번 정도 외출을 했다. 한번 나가면 가진 돈 전부로 책과 서예도구 등을 사가지고 돌아오곤 했다. 내가 공부하고 가끔 외출을 할 수 있었던 것은 선우라는 스님의 힘이 컸다. 선우스님은 늦게 출가를 했기 때문에 체계적 공부는 하기가 힘들었다. 나는 그것을 알고 늦게 심신을 보듬고자 출가한 사람이 무슨 재미가 있어 하루하루 절에서 머물까를 생각하던 차에 절 살림을 다 맡기로 결심하고 그때부터는 신도로부터 직접 돈을 받는 일이 없었다. 가끔 돈이 필요하거나 외출을 할 때면 선우스님에게 사찰 재정이 어떻게 되느냐 묻는다. 선우스님은 대개 이런 식이다. "지금 학생숙비와 인등비 등 오십만 원정도 있습니다." 그러면 나는 반반 나누자고 말을 하고 선우스님은 "그럼 스님이 좀더 쓰이소" 하고 삼십만 원을 건네준다. 그 삼십만 원으로 몇 권의 책이며 서예도구 등을 사 등에 메고 땀이 흠뻑 밴 몸으로 도량에 들어선다. 이렇게 말하면 내가 돈을 다 쓴 것 아니냐 하겠지만, 서울에 있

는 적조암에서 주지를 맡아 달라는 부탁을 받고 도솔암을 나
오면서 칠백만 원정도 재정을 만들어 놓고 떠났다.

자장암

　자장암慈藏庵은 경북 영일군 오천면 항사리에 있다. 산은 운제산(雲梯山, 구름사다리 산)이다. 신라시대 자장율사慈藏律師가 창건한 암자로, 건너편에 마주하고 있는 봉우리가 노적봉처럼 보이는데 그곳에 가면 원효元曉대사가 거처했다는 원효암이 있다. 자장암과 원효암 사이는 기암괴석 천길 낭떠러지로 밑에는 큰 계곡이 있다. 이런 모습을 보고 여행 칼럼니스트이자 《산과 바다》의 발행인인 김인걸 선생이 '자장암의 모습은 금강산의 일부분 같고, 또한 동양화 중에서도 상급에 이른다'고 했을 정도다. 이렇게 장엄한 기암절벽과 계곡을 사이에 두고 구름사다리를 놓아 원효와 자장이 왕래를 한 데서 운제산이라 부르게 되었다는 설과 삼국유사 차차웅 편에 신라 제2대왕 남해대왕 차차웅의 부인 호가 운제雲梯인 관계로 운제산이라 부르게 되었다는 설도 있다. 삼국유사에 의하면 차차웅(남해대왕)이 죽어서 동해바다의 용이 되어 신라를 지키겠다는 서원이 있고 그곳 운제산 정상에 제단이 설치되어 있다.

자장암은 내 수행생활에서 잊을 수 없는 곳이다. 강원도 정선 땅 토굴에서 건강을 회복하면서 오직 공부하다 죽어도 좋다는 일념으로 수행을 해 오던 차 건강은 거의 회복이 되었다. 그러나 그곳이 토굴이니만큼 생활이 어려웠다. 그래서 마음의 기도를 하게 되었다.

'이곳을 떠나 밝은 동쪽 햇살이 비춰오고 생활에 큰 불편이 없어서 현재처럼 구걸하지 않아도 되고 또한 높은 위치에서 신선한 공기를 머금고 탁 트인 시야를 가진 그런 도량을 만나게 되었으면……' 하는 발원發願을 해 오다 우연찮게 그곳으로 가게 되었다. 그곳이 내가 살 곳이라는 생각을 하고는 당시에 비어 있는 상태에서 하룻밤을 홀로 보냈다. 조금 으스스했다. 산 깊은 암자에 사는 사람이 없는데다 전기도 들어오지 않았고 전화도 없었다. 물도 길어 먹어야 했다. 그러나 강원도에서 세운 원에 딱 맞는 곳이었다. 구걸하지 않아도 될 만큼 식량이 들어 왔다. 가끔 산 아래 오어사吾魚寺에 방생을 하러 왔다가 그곳에 참배하러 오는 사람 열이면 열 모두 감탄하고 또 감탄할 만큼 경관이 좋았다.

나는 그곳에서 첫날 밤을 자고 나서 제일 먼저 물을 찾았다. 물이 쉽게 눈에 띄지 않았다. 산꼭대기라 물이 날 리는 만무하고 조금 경사진 뒷길로 가다 보니 약 200미터 지점에 작은 우

辛年元旦
三角尖 提更し

물이 나왔다. 두레박을 1.5미터 깊이의 우물 속으로 던져 물맛을 보았다. 물맛이 좋았다. 양이 많지는 않았지만 황토에서 우러나오는 물이라 그 맛이 비길 데 없이 좋았다.

나는 그렇게 매일 두 번씩 물지게를 지며 생활했고 하루를 사는 것이 행복하다면 행복하다고 말할 수 있었다. 그러나 천지를 바라다 볼 수 있는 경관에 약수까지 있어도 인간 본능에 내재된 외로움은 어찌할 수 없었다. 그래서 가끔 편지로 세속과 교감을 나누었는데 '바람이 불어서 좋다' '폭우가 쏟아져 좋다'는 내용을 많이 썼다. 그것은 역설逆說이었는지도 모른다. 인간은 본시 카멜레온 같은 자기 방어와 변장술을 가지고 있다 하겠다. 진정으로 슬플 때 슬픔을 감추려 한다든가 자기의 비밀한 구석이나 부족한 점을 그렇지 않게 포장하려 한다. 이것은 불교의 논장 기신론起信論에서 '한 마음에 두 가지 문이 있다(一心二門 일심이문). 하나는 생멸문生滅門이요, 하나는 진여문眞如門이다'라고 하는 말과 같다. '인간의 마음은 본시 청정하다' 이것이 본체인 진여문이요, '생멸하는 마음, 즉 선악을 일으키는 마음' 이것이 현상인 생멸문이다. 이것을 이해하면서 살아가듯 내 마음의 고독은 그렇게 주어진 환경에 적응하며 스스로 달래야 했다.

적막한 산사에 홀로 지내기도 벅찬데 누군가 흘리고 간 여운은 나를 더욱 외롭게 했다. 아침 햇살을 보면서 희망과 의지에 찬 하루가 펼쳐지는가 했는데, 서산에 해질 무렵 인간의 발자취가 긴 여운을 남기고 가니 더욱 외롭지 않겠는가. 차라리 사슬에 묶여 철장에 갇혀 있다면 마음 또한 빗장을 걸어 두겠지만, 그렇지도 못한 황망한 들판에 홀로 서 있으니 어느 방향으로 가야 할지 무섭고 두렵고 외롭고 안타까웠다. 그래서 '진정 고독한 자는 고독을 말하지 않는다. 너무나 고독하기 때문에 고독이라는 말조차 꺼낼 수가 없다. 고독이 뭔지 모르는 자가 고독을 말한다' 는 말이 내 머릿속에 박혀 있다. 이럴 때쯤 부산에 산다는 아가씨 둘이 절을 찾았다. 처음에는 사람구경 하기 힘든 곳에서 젊은 처자를 만났다는 사실이 반가웠고, 잠시 절에 머물면서 스님을 시봉하겠다는 말을 들었을 땐, 불안한 마음과 기쁜 마음이 엎치락뒤치락 교차했다. 불안한 마음이란 내가 홀로 암자에 있고 또한 나 자신이 너무 젊다는 것이었고, 기쁜 마음은 홀로 서산에 지는 해를 보며 느끼는 고독과 두려움에서 헤어나올 수 있다는 본능적 마음이었다.

두 아가씨는 나이는 젊어도 불심이 깊었다. 그들은 주로 사찰을 중심으로 여행을 한다는 것과 전라북도에 있는 어느 큰 사찰에 들렀다가 하루를 머물게 되어 한 스님을 만나게 되었다는 이야기를 했다. 어쨌든 그들은 그 스님에게 자장암에 머물게 되었다고 알렸고 곧장 스님이 찾아왔다. 그 스님의 본심을 보니 두 아가씨를 좋게 보고 있었다. 그것이 이성적이든 순간의 감성이든 아무튼 두 아가씨를 데리고 갈 의향으로 내 뜻을 떠보는 것이었다. 그들이 판단할 일이지 내가 가라오라 할 수는 없는 것이었다. 그리하여 그 스님과 나는 자장암의 작은 봉

창이 있는 내 방에서 날이 새는 줄도 모르고 논쟁 아닌 논쟁을 했다. 마치 동물의 세계에서 암놈을 두고 수놈들이 서로의 힘자랑을 하듯 말이다.

그날 밤 논쟁은 내가 이겼다. 그 스님은 돌아갔고 두 아가씨는 나와 함께 머물렀으니 말이다. 그렇게 지내다 비오고 바람 불고 잎새에 물이 들 때쯤 그들은 부산으로 갔다. 직장이 생긴 것이었다. 섭섭함이 없었다면 거짓말이다. 특히 한 아가씨는 음식을 잘 만들었다. 먹을 반찬이 없으면 산에 올라가 나물을 뜯어와서라도 맛있는 반찬을 만들었고 성품도 활달하고 몸집도 어지간한 사내들 못지 않았다. 뒤에 알게 되었지만 부산의 명문여상에서 학생간부를 하며 통솔력이 뛰어났다는 말을 들었다. 또 한 아가씨는 누가 봐도 전형적 여성상이었다. 다소곳하고 크지도 작지도 않은 몸과 착하고 순종적인 모습이 그대로 좋은 신붓감이었다.

그들이 떠나고 얼마가 흘렀는데 어느 날 그들이 다시 찾아왔다. 나이가 지긋한 할머니를 모시고 온 것이다. 그때부터 나는 할머니가 공양주가 되어 해주는 밥을 먹으며 수행을 해 나갔다.

자장암은 나에게 있어 잊을 수가 없고 잊혀지지도 않는 그런 곳이다. 내가 그곳에 머물 때 신도들이 말하기를 그 산에 호랑이가 있다고 했다. 때론 산신령이 있다고 했다. 그리하여 그곳에 오르내릴 때 큰 불빛으로 길 안내를 해주었다는 설화도 있다. 나는 자장암이 좋아서 상당히 긴 시간을 그곳에서 보냈다. 가끔 오어사로 내려가 녹색 찬연한 넓은 호수에서 법진, 성현스님과 배를 타고 노를 저으며 꿈을 키우기도 했다.

꿈속에서 만난 아버지

　내가 경상남도 양산 춘추원사라는 작은 절에 있을 때 일이다. 나는 그때 부산 동명불원서 거처하다 그곳에 온 지 불과 며칠 정도 밖에 되지 않았다. 사실 나의 본적지가 그곳에 속하다 보니 지내기가 불편하다면 불편한 절이었다. 당시 나는 정신적으로 꽤 방황하고 있어서 어쩔 수 없이 그곳에 잠시 머물게 되었다.

　입산한 지가 십 년이 넘었지만 나는 양산에 있는 부모님을 찾아뵙는 일도 드물었고 부모님 집에서 잠을 자는 일도 없었다. 왜 그렇게 했는지 나도 모르겠다. 대개 입산을 하면 스님들은 집을 멀리하는 것이 당연한지도 모른다. 꿈속에서조차도 부모님을 뵈는 일이 없었다. 항상 부모님께 죄스런 마음을 가지게 되지만 한번 출가를 한 몸이니 세속을 잊기 위해서는 그럴 수밖에 없었다.

그러던 어느 날 꿈속에서 아버지를 뵙게 되었다. 나는 지금 껏 성장하면서 나의 아버지가 그렇게 훌륭하게 보였던 때가 없었다. 꿈속에서 아버님은 큰 다리를 놓는 목수였다. 아버지 는 나무를 깎고 있었고 그 모습은 사뭇 장중해 보였다. 꿈속 에서나마 나의 아버지가 이제 머지않은 여생을 두고 마지막 작품을 하나 남기고 가시려는가 보다 하는 생각을 했다. 아버 지는 어느새 육중하고도 곧게 뻗은 육송을 매만지고 계셨다. 육송 길이는 족히 서른 자는 되어 보였다. 그 옆에 스무 자가 량 되어 보이는 쭉 곧은 육송이 벗겨진 채로 윤이 나고 있었 다. 이제 아버지는 하나하나 조립만 하면 될 것 같은 그런 정 도 마무리를 하고 계셨다. 옆에 원통형의 긴 도리나무를 하나 하나 깎아 쌓은 것이 꿈속에서 느끼는 일이었지만 마치 극락 세계로 가는 다리를 만드는 것 같았다.

우리가 이 세상을 살아가다 보면 누구나 한번쯤은 생각하게 되는 것이 있다. 그것은 바로 자기가 이 세상에 남길 수 있는 것이 무엇인가 하는 것이다. 옛말에 '홍거천말재사적鴻去天末 在沙跡 인거황천재가명人去黃天在家名'이라는 말이 있다. 풀이 하자면 '기러기가 하늘 끝까지 날아감에 모래밭에 자국만 남 고 사람이 황천에 가면 그 집과 이름을 남긴다' 라는 뜻이다. 사람이 살아서 무엇을 구하고 무엇을 좇으며 무엇을 남길 것 인가를 생각하지 않을 수 없다.

나의 아버지는 평소 부처라는 말을 들을 정도로 선한 마음을 가졌다. 그러기에 나의 성장기 동안 남과 다투는 모습을 보지 못했다. 그래서 가난한 삶을 사셨는지 모른다. 나는 이날 꿈을 꾼 이후 비록 세속을 떠난 몸이긴 하지만 아버지의 모습을 그리며 아버지를 생각하는 마음이 더욱 간절했다. 이제껏 내가 존재한다는 사실이 그냥 존재하나 보다는 정도의 생각에서 내가 이 땅에 존재할 수 있게 한 아버지의 소중함을 다시 한번 생각케 한 계기가 되었다.

사랑하는 아버지! 항상 걱정만 끼쳐드려 죄송한 마음 그지없습니다. 저는 이미 출가한 몸이니 사문으로 그 본분을 다하여 *미정迷情을 구할 수 있는 사문이 되어 저를 낳아준 은혜에 보답하겠습니다. 그러나 세속적 명리는 수행자의 본분에 맞지 않으니 그것은 기대하지 마십시오.

중국 당나라 때 동산洞山 양개良价스님의 게송偈頌에 이런 구절이 있다.

불구명리불구영不求名利不求榮
지마수연도차생只麼隨緣度此生
삼촌기소수시주三寸氣消誰是主
백년신후만허명百年身後謾虛名

---

*미정 범부가 객관계의 사물에 집착하는 마음.

佛與衆生無別　悟即佛
迷即衆生

三角山沙門　堤石

명리도 구하지 않는다
영화도 구하지 않는다
다만 인연을 따라 이생이 제도받을 뿐
삼촌의 기운이 소멸될 때 누가 주인이라 하겠는가
백년 인생살이 끝난 후 부질없는 허한 이름뿐이네

　세상은 이름을 남기기 위해 온갖 작태를 다 부린다 해도 사
문만큼은 그렇게 살아서는 안 된다. 그러나 오늘의 세상사가
어찌 그렇게만 돌아가던가. 소위 큰스님 소리를 듣는 이 가운
데도 명예와 재물과 권력에 눈이 어두운 경우가 있으니 이 세
상이 어디로 흘러갈 것인지 걱정이 앞선다. 세인은 세속에서
자기 소임을 다할 수 있어야 하고 사문은 사문으로서 자기 수
행에 전념해야만 이 사회가 조화를 이루는 것인데 세상이 한
쪽으로 치우쳐 가고 있다는 생각이 든다. 권력과 권모술수가
판을 치고 내가 살기 위해서는 가장 가까운 친구도 죽일 수 있
고, 좀더 극단적으로 말한다면 내 형제 내 부모까지도 버릴 수
있는 것이 오늘날 우리가 사는 사회 현실이 아닌가 생각하니
참으로 암울하다.
　일찍이 칸트는 그의 '인생론'에서 철학의 사대 주요문제를
말했다.

나는 무엇을 알 수 있는가
나는 무엇을 해야 하는가

나는 무엇을 바랄 수 있는가
인간이란 무엇인가

　그는 앞에서 말한 나는 무엇을 알 수 있는가 하는 문제를 놓고 형이상학形而上學으로 대답을 하려고 했다. 두 번째 말한 무엇을 해야 하는가에 대해서는 도덕, 즉 인간의 기본이라 할 수 있는 원리를 내세웠다. 세 번째 나는 무엇을 바랄 수 있는가 하는 물음에 대한 답은 종교에서만 찾을 수 있다는 것을 밝혔다. 네 번째 물음 인간에 대한 인간이란 무엇인가, 이에 대한 답은 인간을 배우는 길에서만이 가능하다고 말하고 있다.
　불교는 이 세상을 바로 살아가려면 지혜가 있어야 한다고 강조한다. 이 지혜야말로 아기가 세상에 처음 나와서 걸음마를 배우는 것처럼 우리 인생에 있어서 절대적이라고 보는 것이 불교다. 그렇기에 불교는 지혜를 가르치는 종교다. 지혜는 어리석음으로부터 벗어나 바른 삶을 영위해 나가는 힘이라고 할 수 있다.

칠포 해수욕장

내가 자장암에 살 때다. 나는 시간이 나는 대로 산 아래 오
어사에 들르곤 했다. 오어사에 가면 스님들 몇이 있어 잠시 바
둑을 두거나 도끼로 장작을 팼다. 때론 호수에서 함께 노를 저
으며 뱃놀이를 즐기기도 했고 호수에 텀벙 뛰어들어 수영솜씨
를 보이기도 했다. 이렇게 오어사의 대중스님들과 함께 여가
를 즐기며 재미있게 시간을 보내던 중 어느 날 누군가가 바닷
가에 가면 좋겠다고 제안을 했다. "그래, 가자"하면서 우리는
날을 정해 칠포 해수욕장에 가기로 했다. 막상 간다고는 했지
만 수행하는 스님들이니만큼 사정이 만만치 않았다. 첫째 해
수욕장엘 가면 옷을 벗어야 하고 또한 수영복차림에 머리는
빡빡 깎았으니 남 보기도 우스울 것이요, 혹시 아는 사람이라
도 만나면 굉장히 난처한 입장이 되지 않을까 하는 우려를 다

들 한 번쯤 했다. 먹물 옷을 벗는다는 것은 당시 스님들로서는 상상하기 어려운 일이었다. 세속인은 외출할 때는 외출복 입고 잠잘 때는 잠옷을 입는다. 그러나 스님들은 외출을 하거나 잠을 자거나 그 옷이 그 옷이다. 특히 잠을 잘 때도 옷을 벗어 살갗이 드러난 채로 자는 법이 없다. 그것은 큰 사찰에서 수행을 하는 데 지켜야 할 일종의 *청규淸規요, 그 청규가 어디를 가나 습관이 되어 있다. 이토록 늘 의복을 갖추어야 하는 스님들이니 바닷가에 가는 일이 쉽지 않은 일이다.

그래도 우리는 각기 수영팬티 한 장과 간단한 준비물을 가지고 나섰다. 머리는 깎았지만 밀짚모자가 가려주니 별 문제는 없었다. 다만 물 속에 들어가면 너나 할 것 없이 밀짚모자가 물에 둥둥 뜬다는 것이 문제였다. 우리는 서로의 모습을 보며 천진한 동심으로 돌아가 웃고 떠들기도 하면서 곧 백사장에 쳐놓은 텐트로 왔다. 잠시 있으려니 수영복차림의 아가씨 몇 명이 우리 텐트 앞에서 얼씬거리고 있었다. 우리 쪽은 총각(?)스님 세 명이었다. 혹시 뭘 도와 드릴 것이 없느냐고 내가 말을 건넸다. 그랬더니 과일을 깎으려 하는데 과도가 없다고 했다. 마침 우리가 과도를 준비했기에 그것을 빌려주면서 우리도 과일이 많은데 이왕이면 함께 먹으면 어떻겠느냐고 우리쪽의 한 스님이 말했다. 그쪽에서도 좋다 했고 그 아가씨들은 멋진 각선미를 자랑하면서 우리 팀에 합류했다. 그때 우리는

---

*청규 절에서 시행하는 모든 규칙.

수영복을 입고 밀짚모자를 썼지만 신분이 신분이니만큼 조금은 부자연스러웠다. 그때 그 중 리더격이 되어 보이는 아가씨가 "댁들은 어디에서 왔어요?" 이렇게 물어왔다. 그 순간 약간은 당황하지 않을 수 없었다. 그때 옆에 있던 스님이 나를 쳐다보더니 갑자기 "스님!" 하고 부르지 않는가! 아주 순간적이었다. 나는 얼른 말을 받아서 "성님이라니 형님이라 불러야지" 하면서 짐짓 웃음을 터뜨렸다. 그쪽에서는 아무런 눈치를 채지 못한 것 같았다. 얼핏 들으면 '스님' 소리가 '성님(형님을 부르는 경상도 사투리)' 소리와 비슷하다. 우리는 순간 그렇게 위기를 모면했다. 지금도 그때를 생각하면 민망하고 아찔하다. 우리는 그때 세 명의 아가씨와 잠시나마 백사장에서 재미있게 이야기꽃을 피울 수 있었다.

호남선 열차를 타고

사람들은 여행을 할 때 흔히 버스나 열차를 이용한다. 그러나 어떤 이들은 꼭 열차를 타야만 여행하는 기분이 든다고 하는데 나도 그 중 한 사람이라고 꼭 말할 수는 없어도 열차를 좋아하는 편이다. 언젠가 투표하러 수원에 간 적이 있었다. 다음 날 내려오는 데도 열차를 이용하게 되었다. 시간은 12시 02분 열차였는데 표를 받아보니 '입석' 이 아닌가. 무어라 따질 수도 없고 하여 개찰구로 나왔다.

기차를 타보면 누구나 겪는 일이지만 입석이라는 게 여간 불편한 것이 아니다. 거의 같은 돈을 주고 같은 부류로 살아가는 처지에 어떤 사람은 편안히 자리에 앉아서 코를 드르릉 골면서 가는가 하면 또 어떤 사람은 두 다리를 쭉 뻗어 남의 좌석까지 침범하기도 하고 또 어떤 사람들(특히 젊은 남녀)은 옆

사람은 아랑곳하지도 않고 짓궂은 행동을 하는 등 가지각색이라 하지 않을 수 없다. 그런 중에 입석표를 산 사람은 마치 잔칫상에서 얻어먹지 못한 사람마냥 시무룩한 표정으로 기대선 채 사방을 두리번거리기도 한다. 나 역시 그럴 때면 은근히 울화가 치민다. 거리가 짧을 때는 몰라도 멀 때면 괜한 짜증이 나고 머리는 무겁고 피로는 겹쳐온다. 용케 빈 좌석이라도 나면 다행이지만 그런 것도 없으면 몇 시간을 서서 갈 때도 있다. 서 있다 보면 다리통은 무거워지고 발이 조금씩 부어오르는 것을 느낀다. 허리는 뻐근해지고 어깻죽지는 물에 빠진 비둘기 모양이 되고 만다. 게다가 객실통로를 지나는 사람들에게 시달리고 손수레를 끌고 다니면서 물건 파는 사람에게까지 시달려야 한다. 이럴 때면 나는 '아, 이제 다시는 입석표를 사지 말아야지' 하는 다짐을 해 본다.

그러나 막상 기차를 타지 않을 수도 없는 노릇이고 보면 앞으로 우리나라도 언제쯤 가면 편안히 앉아서 여행을 할 수 있을까 하는 아쉬움만 커질 뿐이다. 예전 생각만 하고 특급열차만 타면 족할 줄 알았는데 이젠 그것도 시원찮다. 특급열차가 '통일호'라는 이름으로 바뀌었는데 예전 삼등열차라 생각하면 크게 틀리지 않을 것 같다. 완행열차는 통근열차라 생각하면 될 것이다.

나는 수행을 한답시고 이 절 저 절 산따라 물따라 또 눈 밝은 종사宗師를 찾아다니다 보니 여행을 일반인보다 많이 하는 편이다. 경부선을 많이 이용한 적도 있었고 전라도 내장사에

道尋道家亦家 其何進之遠鐙
我與人性獨々故 今日自画作 明心燈
癸未仲夏 三角山沙門 堤雲

머물 때는 호남선을 이용했다. 그런데 호남선을 타면 경부선 열차에서 느낄 수 없는 불쾌감을 가지게 된다. 그것은 차체가 낡았기 때문이다. 화장실 변기에서는 물도 제대로 나오지 않고 청소도 제대로 하지 않는 느낌이다. 식수나 손 씻을 물도 물론 나오지 않기 일쑤다. 이러고도 우리나라가 월드컵 개최국이네 선진국이네 떠들며 우리의 경제성장률이 어떻고 국토의 효율성이 어떻고 균형 있는 지방 발전이 어떻고 하며 말잔치만 하고 있을 것인지 한심한 생각이 든다. 우리나라가 이천년대의 커다란 문화적 가치의 한 획을 이루고 아시아, 나아가서 전세계에 위상을 높이겠다는 국가적 야망도 대단히 중요한 목표이나 이에 못지 않게 우리 서민이 즐겨 애용하는 열차의 환경을 개선하여 작은 만족이나마 누릴 수 있도록 해 주는 것이 더욱 값진 일이 될 것이다. 그리고 호남선도 하루빨리 전구간이 복선이 되어 호남지방의 경제, 문화창달에 실질적 도움이 되었으면 하는 바람이다.

내장사

내장사內藏寺와 처음 인연을 맺은 것은 84년 가을이었다. 말로만 듣던 내장사에 직접 와보니 말로는 다 할 수 없는 장관이 눈앞에 펼쳐져 있었다. 불타는 듯 황홀한 단풍에 그 누군들 매료되지 않을 수 있을까?

계곡에는 맑은 물이 흐르고 그 물줄기 굽이굽이마다 왕관모양을 한 단풍잎이 한 잎 두 잎 뚝뚝 떨어져 종이배처럼 흘러가고 있는 모습에는 천년의 서기瑞氣가 어린 곳이 아니면 가히볼 수 없을 신비로움마저 감돌고 있었다.

나는 내장사에 처음 오자 소임 관계로 내장사의 역사를 공부하지 않으면 안되었다. 그러다 보니 내장사를 찾는 관광객들을 안내할 기회가 종종 있었다. 내친김에 내장사 안내를 좀하자면 내장산은 한국 팔경의 하나요, 호남의 오대 명산 중 하

佛與眾生本無別
悟即佛
迷即眾生
自别於遠佛耳
辛巳年一夏
沙門堪忠祖畫

나로 유명하다. 백제가 멸망하기 불과 이십 년 전 영은조사靈
隱祖師께서 오십 동棟에 달하는 대가람大伽藍을 창건하고 영은
사靈隱寺라 이름했다 한다. 단풍의 유래는 약 사백 년 가량의
역사를 가지고 있다. 여기 옛 단풍에 관한 시 한 수를 옮겨
본다.

　행행산로전무궁行行山路轉無窮
　일야신상만목홍一夜新霜萬木紅
　소사객창경홀기蕭寺客窓驚忽起
　수성호안대서풍數聲胡雁帶西風

　가도 가도 산길은 굽이굽이 다함 없는데
　하룻밤 내린 서리에 온갖 나무는 붉게 물들었네
　소저한 절간 낯선 방에서 문득 놀라 일어나니
　울음 짓는 먼 기러기 떼는 가을바람 맞고 가는구나

　이 시가 말해 주듯 하룻밤 사이 내린 서리에 만목萬木이 붉
었다는 소리는 내장사의 짙은 풍경과 고사古寺의 영기靈氣를
잘 암시하고 있다. 명산명소의 사계가 다 감동을 주기는 하지
만 뛰어난 가을풍경에 이어지는 내장사의 겨울 설원은 무어라
형언할 수가 없다. 눈이 내려 온 산이 하얗게 덮이는 것이야
어느 절 어느 산인들 그렇지 않을까마는 나는 내장사만큼 그
렇게 눈이 풍성하게 내리는 곳을 아직 보지 못했다. 하룻밤 사

이 내린 서리가 만목을 붉게 했다면 하룻밤 사이 내린 눈은 천지를 하얗게 덮어 놓는다. 자고 나니 딴 세상, 그렇게 새로울 수가 없다. 대설원의 침묵 속에 그저 빠져버릴 밖에.

입춘이 지나 봄을 부르는 기운이 대지를 살짝 감돌고 있는 지금도 여전히 눈이 내린다. 새털처럼 보드라운 눈은 아니지만 오늘따라 강한 바람과 함께 진눈개비가 벌어진 문틈사이로 얼굴을 내민다. 이럴 때면 쓴 커피라도 한 잔 따끈하게 하고 싶다. 내 지난날 눈 쌓인 소백산을 외롭게 넘던 순간이며, 늦은 밤 눈발 휘날리는데 지리산 법계사에 오르던 순간들을 다시금 회상해 보면서 말이다.

내장사의 아침

창문을 열면
불꽃이 탄다
황홀하고 황홀하여라
말은 잊은 채
앞산은 노래하고
흐르는 물은 춤을 춘다
가슴은 채색되어
붉디붉게 물들고

빛나는 홍보석처럼
뚝 뚝 떨어진다

코스모스 향기에 잠시 취하다

내가 처음 그녀를 만난 것은 부산 태종대 바닷가 어느 사찰 앞에서였다. 나는 당시 속리산 법주사 강원에서 불교 공부를 하다 밀양 무봉암舞鳳庵에서 잠시 기거할 때였다. 나는 평소 바다를 좋아했고 그날도 부산 바닷가에 가고픈 마음에 태종대까지 가게 되었다. 법당에 들어 부처님께 절을 하고 밖으로 나왔을 때 저만치 한 여자가 보였다. 밝은 빛깔의 옷을 입은 키가 큰 여자여서인지 유난히 눈에 띄었다.

그녀는 법당이 있는 곳으로 걸어왔고 자연스레 나와 마주치게 되었다. 그녀는 매우 아름다웠다. 코발트 색 투피스를 입고, 간결한 파마머리에 키는 170이 넘어 보이는 뽀얀 피부의 훤칠한 미인이었다. '이런 미인이 어찌 바다를 멀리 보고 있었을까, 무슨 생각에서일까' 하는 생각을 순간 했다. 그때 그녀가 나에게 물었다. "스님, 이곳에 사세요?" 나는 그렇지 않다고 하면서 되물었다. "혹 무슨 일이라도……." 그때 그녀가 말하기를 "제가 이상해 보였어요? 아무 일도 아니에요. 바다를 바라보면서 부처님을 생각했어요." 나는 그 말에 내심 놀랐다. 그녀는 자기가 어려운 사람을 돕는 일을 하고 싶다고 하면서, '부처님께서는 일생을 남을 위해 사셨는데, 나도 그런 일을 잘할 수 있을까?' 하는 생각으로 부처님을 생각하게 되었다는 말을 했다. 나는 그렇게 아름다운 여자가 그런 생각을 했다는 것이 내심 놀라웠다.

우리는 이렇게 해서 많은 이야기를 나누며 서로의 앞날에 대한 생각도 함께 하게 되었다. 당시 그녀의 나이는 스물 몇 정도 되어 보였고 내 나이는 스물 셋쯤으로 기억한다. 마침 그녀가 시간이 좀 있으니 가볼 만한 절에 안내를 해달라고 말했다. 나는 잠시 생각하다 경주 불국사 석굴암이 떠올라 그녀에게 제안을 했고 역시 좋다고 하여 우리는 함께 경주로 향했다. 경주하면 불국사가 있고 불국사하면 석굴암이 있는데 그 석굴암에서 소임을 보는 재무스님이 나의 속리산 강원 도반이었다. 우리는 석굴암에 갔고 내가 그 도반에게 사실 이야기를 했더니 그는 나에게 하룻밤 묵고 가라고 했다. 그녀도 좋다고 했다. 그날 우리는 그 거룩한 도량 석굴암에서 하루를 묵게 되었는데 나는 그 도반과 함께 자고 그녀는 공양주보살 방에서 자기로 했다. 시간이 좀 지나 저녁 공양을 하고 부처님께 다 같이 예불을 올렸다. 그리고 나서 석굴암의 밤 풍경이 좋다는 말에 나는 그녀와 함께 도량 산책을 나갔는데 석굴암 도량이 그렇게 좋은 줄 그날 처음 알았다. 가을밤 코스모스가 활짝 피어 있었고 오솔길이 정답게 나 있었다. 그녀와 함께 오솔길을 걸으며 그녀의 앞날과 나의 앞날에 대해 서로 이야기를 하던 중 그녀가 코스모스에 얼굴을 가까이 하더니 "스님! 코스모스 향기에서 스님 냄새가 나요" 하지 않는가. 나는 순간 수행인의 자세를 떠나 잠시 세속적인 감상에 젖었다. 그것은 나의 수행부족이었고 그로 인해 머릿속은 난상亂想들로 꽉찼다. 아무튼 기분좋은 밤이었고 입산한 지도 4년째 들어서는데 처음으로 세속의 향기를 느낄 수 있었다.

　다음 날 우리는 다시 부산으로 왔으며 그녀의 집이 부산 전포동 어디쯤 있다는 정도 알게 되었다. 시를 쓴다는 것과 머지 않아 도미渡美한다는 것도 알게 되었다. 그날 우리는 영화를 보려고 국도극장에 갔고 영화제목은 '선샤인'이었다. 매표소로 가서 돈을 꺼내려고 바랑을 뒤져보았지만 돈은 삼천 원 뿐이었다. 당시 표 한 장에 이천 원 정도로 기억되는데 두 사람이니 부족한 터였다. 그때 그녀가 극장관리인에게 가서 사정을 했지만 그는 우리 청을 들어주지 않았다. 어쩔수 없이 우리는 극장으로부터 멀어졌고, 가진 돈으로는 영화 한 편 볼 수 없을 정도였기에 허무한 마음을 뒤로 한 채 우리는 그렇게 헤어졌다. 그로부터 이 년 후 우연히 광복동 거리에서 다시 그녀를 만나게 되었다. 화사한 차림의 여인과 마주쳤는데 서로 깜짝 놀라 기쁨을 감출 수 없었다. 그녀는 그 동안의 이야기를

해주었고, 처음 나를 만났을 때 말했듯 복지 일을 하기 위해 미국에 가려고 비자를 신청했는데 비자가 빨리 나오지 않아 서울 은평구에 있는 사찰에서 기거했지만 비자가 나오지 않고 해서 다시 부산으로 오게 되었다고 했다. 당시 나는 범어사 강원에서 공부를 하고 있던 터라 함께 범어사로 가자고 하여 그녀와 함께 범어사 입구에서 한참을 걷다가 속세 친구가 생각났다. 그 친구집이 바로 그곳에 있으니 나는 그녀와 함께 친구집을 들렀고 그 친구와 나는 못다한 이야기를 하다 시간이 꽤 지나서 그녀는 돌아갔고 나는 그날 친구와 함께 이런저런 이야기를 하다 새벽 예불시간이 다 되어서야 절에 도착할 수 있었다.

나는 그 뒤로 가끔 그 친구 집을 들르기도 했다. 한번은 범어사를 떠나 운수행각을 하던 차에 들렀는데 친구가 말하기를 그녀가 나의 소식을 물어왔지만 스님의 수행에 방해가 될 것 같아서 말하지 않았다는 것과 이 년 전에 온 편지를 내게 내놓으며 미안하다는 듯이 말했다. 또한 그녀의 초상화도 자기가 직접 그려 주었다는 말을 했다. 그런 말들을 듣고 있자니 지난날 내 모습이 떠올랐고, 나는 출가승이니 잠시 세속을 생각했다면 부처님 제자로서 계율을 어긴 것이라고 생각했다. 그러기에 그 친구에게 할말은 많았으나 다 지난날의 코스모스 향기와 함께 날려 버렸다.

너 생의 업장

불교가 뭔지도 모르는 나이에 입산을 했고 수행이 뭔지도 모르는 채 세월이 흘러갔다.

내가 불가에 들어온 지 오 년째 되던 해였다. 그때 나이 스물 셋, 세상의 깊은 경륜이며 무상이니 고뇌니 하는 것들이 아직 나와 어울릴 수 없었고, 가슴 설레는 이성에 대한 감각도 채 발달되기 전이었다. 그저 끝없는 희망과 꿈의 누각을 지을 때라고 해야 할 것이다. 말하자면, 파릇한 잎새의 촉을 틔워 불문佛門이라는 거대한 고목에 접을 붙여, 겨우 접목이 성공된 그런 시기였다. 다만 타고 난 나의 성격은 불칼 같았고 그 불칼은 운명運命이라 해야 할지 숙명宿命이라 해야 할지 도무지 식을 줄 몰랐다. 좁은 안목으로 자르고 싶으면 자르고 붙이고 싶으면 붙이면서 그 결과도 제대로 이해 못하는 위인이 그저 정의만 입으로 외우고 뇌리에 새길 때였다.

바랑을 걸머멨지만 바랑의 참뜻이나 이해했을까? 낙타 등에 몸을 실은 나그네가 간절한 물 생각에 오아시스만 그리듯, 중이란 무엇인가 그저 막연히 되새겨 보다가 바람이 스치면 바람 따라 구르는 낙엽이 되고 가고 싶으면 가고 오고 싶으면 오면서 허공에 떠도는 구름이 되기도 했다. 때론 봉두난발蓬頭亂髮한 꼴로 거리를 헤맨 것이나 별반 다를 게 없었다. 오 년이라는 세월이면 부처님의 따뜻한 가슴정도는 어루만져 봤어야 할 텐데 나는 부처님 그림자조차 보지 못했으니 실체가 없는 번민 속에서 오직 정진, 정진만을 향했다.

가끔 나의 길을 인도해 주신 스승이 생각나면 서울 삼각산의 적조암을 찾아 스승을 참방參訪하고 가르침을 받기도 했다. 그렇게 시간을 보내며 만행萬行을 할 때면 으레 도반을 만나게 되고 그러다 뜻맞는 도반을 만나면 공부처소를 함께 찾기도 한다.

무더운 어느 여름날이었다. 행자 동창생을 만나게 되었다. 그는 나름대로 특색이 있는 도반이었다. 실은 별난 것도 아니지만 이마에 흉터가 하나 있었던 것이다. 함께 행자생활을 할 때 유난히 나를 따르는 느낌이 있었다. 우리는 서로의 공부에 대해 물었다. 그 당시는 스님들이 만나면 으레 묻는 인사가 "공부가 잘 됩니까?"였다. 이런 인사 풍속도 십여 년이 지난 지금에 와서는 다 옛날 이야기가 되어버린 듯하니 안타까운 일이다. 우리는 금세 마음이 통했다. 우선 함께 처소를 찾아

한철 나기로 약속을 한 것이다. 때는 해제라 스님들이 *안거安居를 마치고 산문山門을 떠나 만행의 길을 떠나는 시기였다. 이럴 때 젊은 수좌들의 발걸음은 그대로 살아서 꿈틀대는 활보라고나 할까? 검은 눈동자는 몇억 겁을 꿰뚫고도 남을 광채가 칼이 되어 번뜩이고, 가슴에 품은 대장부의 기개는 삼천대천세계를 품고도 남음이 있을 정도이니 이것이야말로 한철 정진을 잘한 수좌가 아니고서야 어이 헤아려 보겠으랴.

나는 그때 *불전사교佛專四敎를 막 끝내고 나온 참이었다. 우리는 마땅한 공부처소를 청도에 있는 호거산虎踞山으로 정하고 식량을 운문사나 사리암에서 얻기로 했다. 그러나 절도 아닌 심산유곡에서 수행한다는 것은 상당히 어려운 일이다. 우리의 수행이란 바로 토굴 생활이다. 흔히 토굴이라하면, 흙을 판 굴로 아는데 그것은 잘못 아는 것이다. 그렇다고 호화로울 수는 없지만 보통 사람들이 거처할 만한 그런 처소라고 생각하면 된다. 우리는 내려갈 예정일을 며칠 앞두고 앞으로 지낼 석 달 동안 필요한 최소한의 준비물을 갖추기 위해 며칠을 서울에서 머물기로 했다.

그 당시 나는 얼마나 식성이 좋았던지 절간을 벗어나 세속에 머물 때면 으레 점심을 두 번 먹었다. 분식을 좋아하던 터

---

*안거 승려들이 4월 16일부터 7월 15일까지(여름 안거), 10월 16일부터 정월 15일까지(겨울 안거) 한곳에 모여 외출을 금하고 수행하는 제도.
*불전사교 우리나라 승려들이 경전을 연구하는 이력의 한 과목으로, 능엄경 · 기신론 · 금강반야경 · 원각경을 공부한다.

라 만두집을 찾을 때면 만두 서너 통 비우는 것쯤은 우습게 여길 정도였다. 도반과 나는 시내로 나갔다. 모 신도 집으로 가던 길에 음식점에 들렀는데 메뉴는 카레밥이었다. 카레밥에 들어 있는 단백질 덩어리(고기)가 간간이 잇몸을 스칠 때 약간 꺼림칙한 예감이 들었다. 좀더 큼직하게 썰었으면 씹기나 좋았으련만. 나는 그때까지 율사律師에 가깝게 살아왔지만 그정도 고깃조각쯤이야 먹어도 되겠지 하는 마음에다 내 특유의 식버릇으로 씹는 둥 마는 둥 후딱 해치웠다. 그리고 우리는 신도 집을 향해 발길을 옮겼지만 신도 집은 보이지 않고 뜬 발길만 헤맬 따름이라. 나와 동행한 도반이 안다는 신도 집인데, 이 도반이 망각증세가 있는지 도무지 찾지 못하고 헤매는 것이 아닌가.

다시 시장기가 들어 이번에는 중국집을 찾게 되었다. 질보다 양이 우선이라 짬뽕을 시켰다. 여느 때와 다름없이 꿀꺽 삼키는데 왠지 식욕이 떨어지면서 "아!" 하는 신음소리가 나도 모르게 흘러나왔다. 타의 추종을 불허하던 나의 식성에 제동이 걸린 것이었다. 반 그릇도 채 먹지 못하고 의식이 몽롱해지면서 자욱한 안개 속을 걷는 것과 다르지 않았다. 신도 집은 강 건너 등불처럼 희미하게 멀어지고, 망망한 바다를 향해 외아들을 기다리는 청상과부꼴이 되어 버렸다. 우리는 할 수 없이 우리의 목적지인 호거산으로 서둘러 가야 했다. 나는 나도 모르게 푸념과 짜증을 도반에게 던지게 되었고 그 도반은 그것을 정확히 받아 아웃시킨 포수가 되어 우리는 그 길로 헤어지고 말았다. 몸은 지치고 마음은 어지러웠다. 그러나 나는 좌절하지 않고 혼자라도 목적지로 가겠다는 생각으로 서울역에 갔고, 청도행 열차에 몸을 실었다. 기적은 울리고 열차는 덜컹거렸다. 시트에 기댄 내 육신은 한없는 회포를 토로하고 영혼은 내 곁을 떠날 채비를 했다.

만남은 무엇이며 헤어짐은 무엇인가. 조금 전까지만 해도 우리는 어떤 고난이라도 함께 나누자고 철석같이 약속을 하지 않았던가. 인생은 본래 만남도 헤어짐도 없는 것일까? 어차피 생은 잠시 쉬어가는 노정기에 불과한 것인가? 뿌옇게 흐려지는 의식과 무너져 내리는 육신의 고깃덩어리를 실은 열차는 고삐 풀린 망아지 마냥 그저 달음질쳤다.

기적소리가 들려왔다. 눈을 떴다. 열차는 수원역에 멈추었다. 나는 허물어져가는 육신을 추스려 바랑을 챙겼고 등뒤에 근근이 매달린 바랑끈을 움켜쥐고 역구내를 빠져 나왔다. 내 인생에 처음으로 발을 딛는 수원 땅이었다. 인근에 절을 찾았지만 절은 보이지 않고 발길은 용주사를 향하고 있었다. 경기도의 대본사 용주사라는 말은 들었지만 처음이었다. 객실에서 며칠을 지내면 회복되겠지 하는 막연한 생각으로 낡은 객실 벽을 향해 몸을 붙였다. 어찌된 일인지 몸을 일으켜 세울 수도 없었다. 그동안 없던 일이 한꺼번에 닥친 느낌이었다. 어디를 가나 건강하다는 말만 들었던 내가 이렇게 될 줄이야 하는 생각밖에 떠오르는 것이 없었다. 참으로 무상했다.

불가에서는 인간의 육신은 사대(四大, 地水火風)로부터 빌어

왔고 오온(五蘊, 色受想行識)이 거짓 화합해서 된 공신空身, 즉 헛된 몸이라 하면서도 도를 닦는 데 없어서는 안될 것이 또 몸뚱아리인 것이다. 세상에 존재하는 모든 유위형상有爲形相이 허망한 줄 내 모르지 않지만 무너져 내리는 내 육신은 참으로 무상하지 않을 수 없었다. 아무도 반겨주지 않는 객실에 홀로 있자니 금방이라도 저승사자가 '네 이놈!' 하면서 잡아 갈 것만 같았다.

부모를 버리고 형제를 여의고 그렇게 다정했던 친구마저 등을 돌릴 때 출가를 한 자신을 돌아보니, 이것도 떼어낼 수 없는 내 생의 업장業障인가 싶었다. 이틀이 지났다. 후원에서 주는 공양을 도서히 삼킬 수 없어, 흔들리는 몸을 가누면서 일어나 시내로 나섰다. 수원시내의 작은 병원을 찾았다. 진찰을 마친 의사는 곧 입원하지 않으면 생명이 위태로울 수 있다고 했다. 그러나 수행자의 주머니는 언제나 그렇듯 청빈했다. 차가운 겨울바람이 문풍지를 흔들었다. 입원이고 뭐고 다 집어치우고 내가 74년도에 공부했던 속리산으로 발걸음을 옮기기 시작했다. 내가 살던 곳이라는 막연한 생각으로 속리산 법주사를 찾았지만 내 생각은 보기 좋게 빗나가고 말았다. 병색이 짙은 내 모습을 보고는 모두가 등을 돌리기에 바빴다. 일단은 객실에서 신세를 지기로 하고 누웠으나 보이는 것이라고는 천장에 매달린 산사의 고독한 모퉁이, 그 특유의 파리똥만 미세한 앙금에 매달린 채 하늘거릴 뿐이다.

인간은 누구나 봄날처럼 따뜻한 행복을 가지고 싶을 것이

다. 그러나 이성理性이 성숙되지 못한 채 행복만 바란다면 그
것은 공상에 불과하다고 할 것이다. 어린아이가 무지개를 좇
는 것처럼. 그러나 성숙한 이성이 바라는 행복은 봄날에 씨앗
을 뿌려 정성스러이 물을 주며 가꾼 결실인 활짝 핀 한 송이
꽃과도 같은 것이다. 인간은 누구나 행복을 추구하지만 이성
의 성숙도에 따라 그것은 맹목적일 수도 있고 현실일 수도 있
다. 인생은 남녀를 막론하고 흐르는 물줄기에 떠밀려 가고 있
는 것과 같다. 그러나 부딪히고 멍들면서 차츰 현실로 돌아간
다.

  나의 병세는 점점 깊어졌고 소변은 노랗다 못해 붉게 물들
고 있었다. 의사들의 진단은 한결같이 간에 문제가 생겼다고
했지만 나는 서울에서 먹은 카레밥에 들었던 콩알만한 단백질
덩어리가 화근이 되어 위와 장의 운동을 방해하고 있다는 생
각이었다. 밥은 모래를 씹는 것처럼 되어 버렸고, 안색은 신호
등의 노란불처럼 물들어 가고 있었다. 객실에 간간이 드나드
는 객승들의 먹빛자락이 시야에 펄렁일 뿐 부처도 중생도, 보
살은 더욱 보이지 않았다.

  그러던 어느 날 보은에 있는 성모병원 수녀 두 분이 내 소식
을 듣고 찾아왔다. 언제부터인가는 잘 모르지만 법주사와 보
은의 성모병원과는 상당한 유대가 있었다. 그것은 종교간의
대립 이념을 넘어선 화합의 결과라고 생각한다. 스님이 아프
다는 소식을 듣고 찾아온 그 수녀님들은 주지스님과 나에게
치료 방법에 대해 말하면서 약만 사면 무료로 치료를 하고 또

한 왕진을 하면서라도 스님을 돌보겠다는 말을 했지만, 하루 이틀에 나을 병은 아니고 적어도 이십 일에서 한달가량 치료를 해야 한다는 말을 들은 주지스님은 그것을 달갑게 받아들이지 않았다. 그러나 그때 수녀님의 모습은 눈부신 날개를 달고 지상에 하강한 천사처럼 아름답고 순결하게 보였다. 주지스님은 수녀님들의 말대로 하지는 않았지만 멀리 시골까지 부탁을 해서 약을 구해다 준 정성은 고마웠다. 그러나 정성도 허사였다. 병은 좀처럼 차도가 없었다. 그럭저럭 하루가 가고 이틀이 가고 어느새 보름을 넘어섰다. 하루는 주지스님이 나를 부르더니 "그간 여기에서 지내는 데 불편함도 컸을 줄 아는데 여기는 대중이 거처하는 곳이라 스님이 계시기에는 마땅치 않으니 처소를 옮겼으면 좋겠오" 하는 것이 아닌가. 나는 그 소리를 듣는 순간 현기증과 함께 뇌성벼락이라도 맞는 듯했다. 그러나 한편으로는 이해할 수 있었다.

스님들이 드나드는 객실에서 치료를 한다는 것이 무리라는 것은 알면서도 어떻게 해야 할지 몰라 머물러 오던 터라 일단 떠나기로 결심을 내렸다. 그간 법주사 객실살이 십육 일 동안 밥 한술 떠넣지 못한 채 바랑을 걸머메고 길을 나섰다. 약국에 들르니 주지스님이 부탁해 놓았다면서 이만 원어치 가량의 약을 지어주지 않는가. 약봉지를 챙겨 버스 정류소에 다다랐다. 거기까지 어떻게 간 줄도 모르게 가서 겨우 버스에 몸은 실었지만 어디까지 가서 몸을 내려야 할지 그저 암담하기만 했다. 그때 차창 밖으로 누런 옥수수가 눈에 비쳐왔다. 이십 일간이

나 밥 한술 떠넣지 못했는데 옥수수를 보니 구미가 돌았다. 오십 원을 주고 큼직한 찰옥수수 두 개를 샀다. 밥은 모래를 씹는 것 같더니 옥수수 맛은 그렇게 좋을 수 없었다. 단숨에 두 개를 먹어 치웠다.

차는 그 특유의 꿍음을 내며 질주했다. 그때 보은에 침을 잘 놓는 스님이 있다는 기억이 났다. 차에서 내리니 다리가 후들후들 떨려왔다. 가까스로 몸을 가누며 사람들이 가르쳐 주는 대로 그 절을 향해 발걸음을 옮겼다. 햇살은 중천에서 밝게 내리비쳤지만 절은 보이지 않았다. 쓰러지는 몸을 부축하며 나는 가야 한다, 그리고 일어서야 한다는 일념으로 걷고 또 걸었다. 한 걸음 한 발짝은 무거운 사슬에 얽힌 노예보다 더 힘겨웠다. 그때 쓰러져 일어서지 못했다면 나는 아니 내 인생은 슬프게 끝났을 것이다. 전쟁터에서 적의 흉탄에 맞아 시름하면서도 살 길을 찾는 영화 속 주인공을 더러 보았지만 그와 유사한 나의 처지는 스크린의 주인공이 아니라 바로 현실의 주인공이었다. 오르막을 오르는 것이 그렇게 험하고 멀리 느껴질 수 없었다. 그러다 절에 도착을 하니 '나는 이제 살았구나' 하는 안도의 숨이 나왔다. 그러나 그곳 주지스님이 나를 보더니 난색을 표한다. 별로 반갑지 않다는 뜻이다. 허나 내쫓지는 못하고 난감해하는 눈치다. 나는 우선 먹지 못하니 체중을 내리는 침을 놓아 달라고 부탁했다. 그때 기억으로는 엄지손가락 사이 움푹한 급소에 침을 꽂고 팔의 동맥선 급소에 침을 꽂고 어깨 중심 급소에 꽂고 발끝 엄지발가락 위에 꽂았다. 내 예상이 적중했는지, 아니면 부처님의 가호가 있었는지 효과는 신통하리만큼 좋았다. 나의 병명은 황달이라고 통칭하는데 황달이 체증에서도 올 수 있다는 유용한 지식을 얻게 되었다. 단 한 번의 침으로 먹지 못하던 밥을 먹게 되었다. 나는 감사의 마음에 나래를 펴고 훨훨 날기 시작했다.

그로부터 이틀 후 대구 동화사를 향해 또 발걸음을 옮겼다. 그 당시 대구 동화사 약수가 이런 병에는 특효라는 말이 있었고 또 언제인가 동화사에 머물 때 그런 환자를 본 기억이 났기 때문이다. 동화사에 머문 지도 며칠이 되었다. 언제나 어김없이 커다란 물병을 가지고 약수터를 향했고 하루가 다르게 병세는 호전되어 갔다. 그때 마침 동화사 후원에 원주스님 자리가 비어 있어 원주로 좀 살아달라는 부탁을 받게 되었다. 불편한 점도 있었지만 몸이 회복기에 들어섰고 또 원주를 하다보면 틈틈이 시장에 갈 수 있으니 약이라도 사 먹기가 쉽다는 생각에 수락했다. 그렇게 동화사 객실에서 보름이 흘렀다. 이제 곧 동화사 원주를 하기로 마음을 먹고 있는데 난데없이 교구 감찰이라는 스님이 와서 객승은 객실에서 삼일 이상 머물 수 없으니 당장 가라는 것이다. 그때 "나는 이 절에서 소임을 맡기로 삼직(총무·교무·재무)스님과 약속이 되었소"라고 말하고 싶었지만, 건강이 좋지 않았고 또 그렇게 비정한 스님과는 대화를 나누고 싶지 않았다. 조금만 더 있으면 몸이 완전히 회복될 텐데 하는 아쉬움만 남긴 채 또 다시 절집의 비정함을 안고 발걸음을 옮겼다.

때는 가을이라 낙엽 떨어지는 소리를 듣고 바람을 상기할 수 있었고 바람 이는 소리를 들으며 낙엽이 뒹구는 것을 알 수 있었다. 걸음걸음마다 코스모스 향기가 코끝에 와 닿고 들에는 오곡이 무르익는 소리가 현악의 운율처럼 들려오고, 소슬한 바람이 스칠 때면 들은 온통 황금물결이 되어 출렁인다. 하늘은 수정같이 맑고 깨끗하며 오가는 사람들의 모습은 따사로왔다. 나는 동화사 일주문을 나서면서 크게 외치고 싶었다. '나는, 대자유인이다!' 라고. 몸은 아직 회복되지 않았지만 마음은 가을 하늘처럼 풍성했다.

사문은 고행을 낙으로 삼지 않는가. 현재의 내 모습이 수행자의 표본일지 모른다는 생각을 하면서, 또 나는 대사문大沙門 석가모니가 걸었던 그 길을 가고 있다는 생각으로 다음 구도지 강원도를 향해 발걸음을 옮겼다.

강가에서

강물은 얼핏 보면 생동감이 없다. 아마 외견상 큰 유속이 없기 때문일 것이다. 그러나 좀더 가까이에서 유심히 바라보노라면 굽이굽이 유장하게 흐르는 강물의 생명력은 금세 나를 압도하고 만다.

강은 바다와도 다르고 개천과도 다르다. 도저한 물결의 위용을 드러내다가도 어느 지점에서는 끊어질 듯 멈출 듯, 그러나 결코 끊어지지 않는다. 강물의 생명력은 들과 산허리를 휘감아 돌고 돌아 하나의 회回를 이루고 다시 돌아 저 넓은 바다에 합류하는 것이다. 강물이 순환하는 모습은 마치 우리 몸 안에서 피가 도는 것과도 같다. 강물은 거친 파도가 없어 약해 보이나 결코 약하지 않으며 끊일 듯 끊이지 않는다. 그래서 인간의 욕정에 비유하기도 하고 혈맥에 비유하기도 한다. 불가

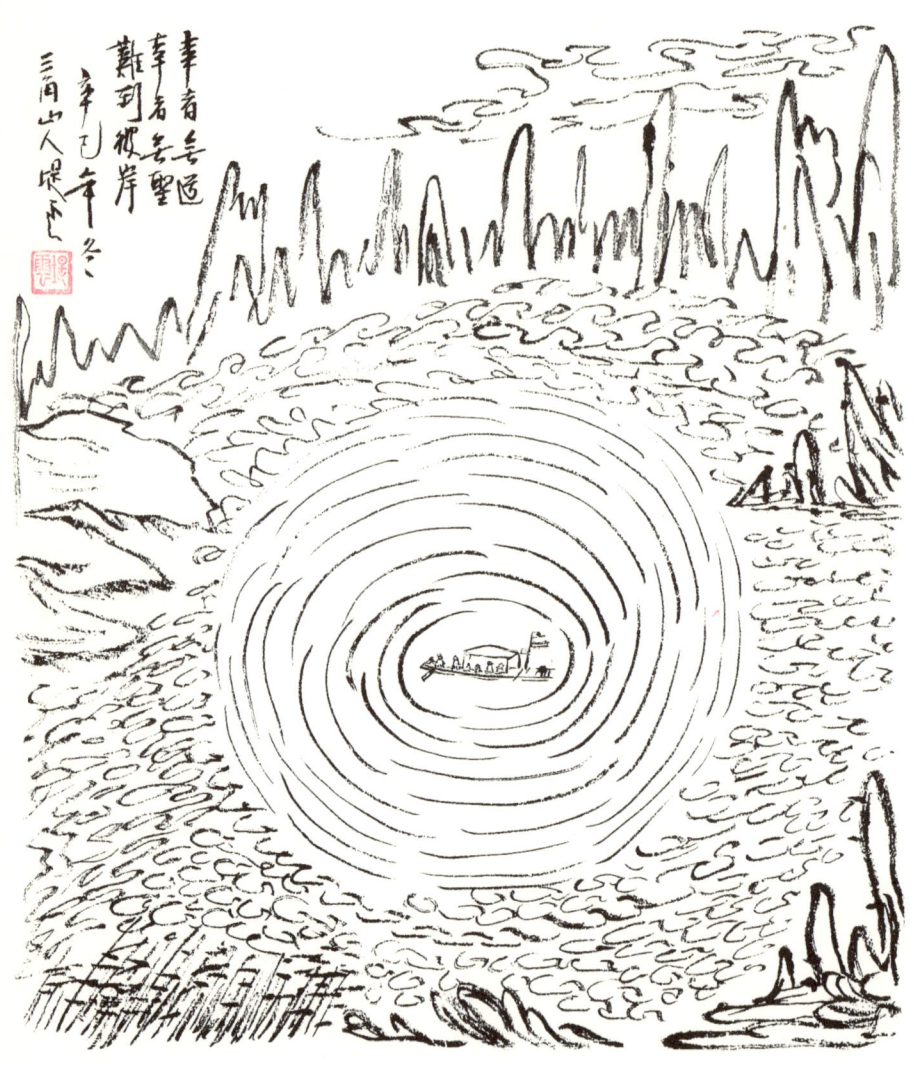

에서는 강물을 애욕 같은 것이라 한다. 끊임없이 흐르고 흐르는 것이 마치 인간이 버리지도 못하고 뛰어넘지도 못하는 애욕, 즉 사랑에 대한 끊임없는 갈망과 아주 흡사하기 때문이다. 그러므로 수행자가 수행의 한 경지를 이룰 때 마치 사랑의 강물이 마르는 것과 같다고 했다. 수행자에게는 현실이나 비현실이나 같을 뿐 둘로 나누지 않는다. 의식을 가지고 공부를 할 때 뿐만 아니라 무의식 속에서도 공부가 순일해야 한다. 좋은 예로 수행자는 잠을 자는 동안도 수행의 한 연장선상에 있는 것이다. 꿈이 바로 그렇다. 꿈에 강물이 말라 그 강을 건넜다면 그는 한 경지를 이루었다고 할 수 있다. 반대로 강물에 빠져 허우적거리는 꿈이었다면 그는 세속에 대한 미련을 버리지 못한 것이기에 아직 공부가 멀었다고 하겠다.

강물은 보는 각도에 따라 많이 다르다. 교교한 달빛을 받았을 때는 뱀처럼 빛나는가 하면 흑진주를 쏟아놓은 듯도 하다. 맑은 강물을 보면서 기도하며 마음을 비춰 본다. 물이 혼탁해 있을 때는 번뇌와 망상으로 의식마저 혼탁해지는 듯하다. 둥근 달이 강물 위로 뜰 때면 우리들 마음도 청정해지니 수행자의 위치에서 보면 혜안을 득통得通한 바로 그 모습이 아닐까 한다.

겨울산행

십 수년 전의 일이다. 한 해가 저물어갈 무렵 겨울등산을 하고 싶은 생각이 불현듯 일었다. 어디로 갈까 궁리하던 차 지리산 쌍계사로 가기로 마음을 먹었다.

가끔 등산을 하던 터라 등산장비는 좀 가지고 있었다. 겨울등반에 필요한 텐트, 에어매트, 코펠, 버너 등 평소 준비되어 있는 것들과 필요한 것은 보충을 하고 겨울파카와 만약을 위해 텐트 전체를 덮을 수 있는 큰 비닐까지 준비했다. 그러고는 곧장 진주를 거쳐 하동 쌍계사로 갔다. 쌍계사에 도착하니 눈이 제법 많이 와 있었다. 두발이 빠져서 걷기조차 어려웠는데 쌍계사 옆 등산로를 오르려 할 때 다시 눈이 내리기 시작했다. 나뭇가지마다 눈이 소복이 쌓이는가 하면 바람의 기운으로 무너져 내리기도 했다. 나는 갈 수만 있다면 쌍계사로 해서 노고

단으로 가려고 했는데 출발부터 눈으로 인해 길이 막혀 버렸다. 지금 생각하니 국사암 근처에 갔을 때였는데 눈 때문에 도저히 갈 수 없다는 판단을 하고 잠시 주춤거리며 서 있는 동안 실감나지 않는 광경이 눈에 들어왔다. 눈 속에 웬 여인이 서 있는 것이었다. 눈밭에 사슴이라는 말이 있지만, 내가 지금까지 보아온 중에 그렇게 아름답고 황홀한 여인은 처음이었다. 백옥처럼 흰 얼굴에 검은 눈동자는 밤하늘의 별빛처럼 빛났다. 까만 머리는 편하고 단정하게 내려뜨렸고 카키색 톤의 옷차림이 아주 잘 어울렸다. 그는 분명 살아 움직이고 대화를 나눌 수 있는 요정 같은 미인이었다. 마침 그 미인도 하산 중이어서 함께 내려오게 되었다. 쌍계사 사찰에서 얼마 내려오지 않은 지점 위쪽에 산장이 하나 있는데 그곳으로 가는 길이라 했다. 나는 그냥 그곳까지 함께 갔다. 특별한 목적도 없는 마당에 어디든 못 가겠는가. 산장에 들어서니 주인이 우리를 반가이 맞이했다. 그 미인을 좀 아는 것 같았다. 아무튼 차를 한 잔 하고 잠시 이야기를 나눌 수 있었다. 그러나 나는 승려다. 특별한 사유 없이 아리따운 여인과 마냥 이야기하고 있을 수만도 없는 노릇이었다. 그리하여 눈 속의 요정을 눈꽃쯤으로 생각하고 나는 그곳으로부터 홀로 하산을 했다.

그 당시 내가 거처하는 곳은 동해안의 어느 사찰이었다. 한번에 되돌아갈 수도 없고 해서 일단 진주로 내려갔다. 진주는 논개의 한이 서린 남강이 있고 경호강이 흐르고 지리산 맑은 물이 모여드는 지점으로서 그 일대에서는 몇 안되는 큰 마을

是山水是水
句軌夕一皆々放下

辛巳年冬小雪之后
三角幽人 提玉

이다. 버스에서 내려 우선 추위도 녹일 겸해서 다방에 들어가 커피를 한 잔 시켰다. 다방이라는 곳이 그런 건지 내 행색이 그러해서인지, 다방 마담이 내게 가까이 다가왔다. 하긴 누가 봐도 나는 외관상 등산객이지 스님은 아니었다. 마담은 살살 말을 걸어왔다. 어디서 오는 길이냐는 등 몇 가지 통상적 질문을 하고는 오늘이 12월 24일인데 진주 ○○호텔 나이트클럽에 같이 가서 놀았으면 좋겠다고 제안을 해 왔다. 나는 속으로 중인데 나이트클럽이라니 말도 안 되지 하면서 거절을 했다. 그러자 마담은 무슨 꿍꿍이가 있는지 아니면 그 추운 날 등산 배낭 메고 다니는 모습이 안쓰러워서 그랬는지 나이트클럽에 가고 싶지 않으면 남강에 있는 포장마차에 가서 소주라도 한 잔 하자는 것이었다. 나는 그 제안에도 응할 수가 없었다. 나는 어디까지나 중이요, 평소 곡차(술)를 하지도 않을 뿐더러 좋아하지도 않는다. 그런데 이 여우 같은 마담이 옆에 붙어 떨어지지 않으니 만약 술까지 같이 한다면 그 다음은 무슨 일이 생길지 더욱 걱정이 되기도 했다. 그래서 나는 그 청을 뿌리치고 홀로 겨울 남강으로 갔다.

강가라 그런지 꽤 추웠다. 텐트 위에 비닐까지 덧치고 텐트 바닥에는 에어매트를 깔았다. 그리고 가지고 간 침낭 속에 들어가 잠을 청했다. 그러나 생각과 현실의 차이는 엄청난 것이었다. 에어매트가 찬 기운을 막겠지, 텐트에 비닐까지 씌웠으니 완벽하게 추위를 막겠지 하는 기대는 다 빗나가고 너무 추워서 밤새 한잠도 자지 못하고 말았다. 아침에 일어나니 눈인지 서리인지 온통 세상이 하얗게 얼어붙어 있었다. 이것이 겨울산행인가 하는 생각에 허허로운 마음을 달래며 다시 버스에 몸을 맡겼다.

2장

오늘, 달마를 만나다

절을 찾는 이에게

절을 흔히 우스갯말로 절하는 곳이라고들 한다. 절을 찾는 이는 많아도 절이 진정 무엇인지 잘 아는 사람은 드물다. 독실한 신자가 아니면 그냥 가서 눈에 보이는 대로 한번 휙 둘러보고는 절에 갔다 왔다고 한다.

절이란 진리의 터전이요, 그 진리를 전파하는 곳이다. 그러므로 그 무엇 하나 소홀히 만들어지고 설치된 것이 없다.

절에 가면 일주문이 나오는데 그 일주문에 들어서면서부터 사찰 도량이다. 그 다음은 사천왕이 모셔져 있는 사천왕문을 지나게 된다. 사천왕은 글자 그대로 동서남북에 각각 거주하는 왕으로 불법에 귀의하는 사람들을 수호하는 호법신이다.

동쪽의 지국천왕(持國天王, Dhritarastra)은 건달바와 부난다 두 신을 지배하며 동주東洲를 수호한다. 바른손은 옆구리를 짚고 왼손에 칼을 들고 있으며 갖가지 천의로 장식을 했다.

서쪽의 광목천왕(廣目天王, Virupaksa)은 용과 비사사 두 신을 지배하며 서주西洲를 수호한다.

남쪽의 증장천왕(增長天王, Virudhaka)은 구반다와 폐려다 두 신을 지배하며 남주南洲를 수호한다. 왼손은 허리에 대고 바른손은 칼을 들었다.

북쪽의 다문천왕(多聞天王, Dhanada)은 야차와 나찰 두 신을 지배하며 북주北洲를 수호한다. 항상 부처님의 도량을 옹호하고 설법을 듣는다.

이 사천왕문을 지나면 불이문不二門이 나온다. '불이'란 둘이 아니라는 뜻으로 곧 차별이 없고 차별을 두지 않으며, 진리에 있어서 둘이 아니라는 뜻이 포함되어 있다. 진리를 의미하기 때문에 바로 여기서부터는 절대 경내라 할 수 있다. 그러니 엄숙하고 경건한 마음을 가져야 하며 총이나 칼 등 사람을 해칠 수 있는 모든 도구는 가지고 가면 안 된다. 반드시 합장을 해야 하며 탑에도 경건히 합장을 해야 한다. 법당을 출입할 때에는 반드시 옆문을 이용해야 한다. 어쩌다 경내에서 침을 뱉거나 어간문(가운데 문)에 걸터 앉는 수가 있는데 절대로 그렇게 하면 안 된다. 앞서 언급했지만 절이란 단순히 허리 굽혀 절하는 곳만도 아니고 또한 복을 주고받고 하는 곳도 아니다. 복은 내가 지어야지 주고받을 수 없다.

절은 진리 그 자체다. 무엇하나 진리를 말하거나 진리를 표하지 않음이 없다. 법당 안에 기둥 하나 세운 것이며 수미단

(불단)의 모형, 그림 배치, 내외 단청 모양·색깔 모두가 진리를 바탕으로 한다. 아침저녁 시간 종을 치는 횟수가 그러하며, 큰 절과 암자가 선후로 치는 것도 그렇고 목탁을 올리고 내리고 하는 것도 시간에 맞추어 행하는 등 온갖 것이 뜻없이 되어지는 법이 없다. 진리 그 자체다. 나아가 스님들의 수행하는 몸뚱이까지 진리를 위해 존재할 뿐 만약 그렇지 않다면 고깃덩어리에 불과하다.

절이란 진리의 모습으로 살아가고 진리의 모습 그대로를 찾는 곳이다. 스님들이 앉아 있거나 경서를 읽고 하는 것은 수행하는 한 모습으로 스스로 마음(자아)을 깨치기 위함이다. 마음을 깨친다는 것은 내가 어디서 왔으며 어디로 가는가 하는 스스로의 물음에 스스로 답을 구하는 것이다. 분명한 사실은, 없는 것을 있게 하고 가능하지 않은 것을 가능케 하는 기적을 행하는 곳이 아니라는 점이다. 일부 세인이 미혹하다 보니 스님들이 사주를 잘 본다거나 남의 앞날을 훤히 내다봐서 예언하는 그러한 공부를 하는 줄 알지만 그것은 정말 잘못 생각하는 것이다. 부처님께서 정각을 이루어서 불교라는 종교를 창시한 최초의 인간이지만 그분이 우리에게 "너희들도 나와 같이 하면 나와 같이 이룰 수 있다"라고 하셨듯이 깨달음은 철저한 체험적 수행에서만 가능하다. 그리고 그 깨달음은 단순히 술수를 푸는 것이 아니라 생사대사生死大事를 확실히 알아서 나고 죽는, 그리고 윤회라는 이런 모든 굴레를 벗어던지는 것이다. 이것이 대자유를 얻은 것이요, 대자유인이 되는 것이다.

달마와 나

　내가 달마를 좋아하고 그림을 그리는 데에는 그만한 이유가 있다. 나는 평소 달마를 흠모하다 달마의 저술인 『혈맥론血脈論』을 보게 되었다. 혈맥론의 견성사상見性思想에 정신을 모으던 중 어느 순간 달마의 형상이 마치 물위에 뜬 달 모양같이 훤하게 드러나는 것이었다. 그것이 달마를 그리게 된 동기다. 내가 달마를 그릴 때면 그것은 때로 달마의 자화상이 되기도 하고 때로는 달마가 아닌 나의 자화상이 되기도 한다. 달마 속에 내가 있고 내 속에 달마가 존재하니, 어쩌면 내가 달마요 달마가 나인지도 모른다. 결코 둘이 아닌 하나의 경지로 몰입하는 것이다.
　이렇게 달마는 항상 나의 그림자처럼 내가 가는 곳, 내가 머무는 곳 어디에도 함께한다. 나의 달마도를 보면 알 수 있다.

상상으로 달마를 그리는 게 아니다. 마치 달이 스스로 물위에 어리듯 하나의 영감이 일어나 그것을 그리면 바로 달마도가 된다.

달마의 생애는 크게 네 단계로 나눌 수 있다. 첫 번째는 그가 인도에서 남중국을 거쳐 양의 무제 임금을 만나는 시점이고, 두 번째는 소림굴에 들어 구 년간 면벽관심面壁觀心을 한 사실이며, 세 번째는 혜가에게 법을 전수한 시점이요, 그 나머지는 귀서歸西로써 자기의 고국으로 돌아가는데 살아서는 가지 못하고 죽어 다시 환생하여 돌아갔다는 것이다.

달마가 양의 무제를 만나다

달마대사는 남천축국南天竺國 향지왕의 셋째 태자로 태어났다. 바야다라의 법을 받았으며 스승의 가르침에 따라 바다를 건너 동쪽으로 남중국 광주에 이르러 다시 양국에 도착하니 그곳에서 양梁의 무제武帝 임금을 만났다. 양무제가 물었다.

"짐이 즉위한 이래 불사와 불상, 역경, 조탑을 많이 하였으니 얼마나 공덕이 됩니까?"

달마가 답했다.

"공덕이 없습니다[無功德]."

양무제가 다시 물었다.

"어떤 것이 석존의 수승한 진리입니까?"

달마가 답했다.

"확연히 거룩한 진리가 없습니다[廓然無聖]."

양무제가 다시 물었다.

"짐을 대하는 이가 누굽니까?"

달마가 짧게 답했다.

"모릅니다[不識]."

이렇게 답을 하고는 무제가 이 말을 알아듣지 못하니 강을 건너 위魏로 떠났다. 그 후 무제 임금이 지공誌公스님에게 말하길, "그분은 관음대사觀音大師라 부처님의 심인心印을 전합니다." 하며 무제가 후회를 하고 다시 그를 찾으려고 했지만 지공스님이 그는 다시 돌아오지 않으니 찾지 말라고 했다.

면벽관심을 하다

달마가 소림사에서 9년 동안 벽을 향해 앉아서 잠자코 말이 없으니 사람들은 그를 가리켜 벽관壁觀바라문이라 했다. 그러던 어느 날 신광神光이라는 학승이 있었는데 재지才智가 더할 수 없는 사람으로서 당시 널리 소문이 나 있는 달마대사를 친견하여 불법을 깨닫고자 그를 찾았다. 그는 달마대사를 향해 예배하고 정중히 법을 물었지만 달마는 아무런 대꾸도 미동도 하지 않았다. 이에 신광은 그 자리에 선 채 묵묵히 합장을 하고 오직 달마스님의 가르침을 기다릴 뿐이었다. 때마침 눈이 많이 내려 신광의 허리까지 차 올랐고 그럭저럭 날이 밝아왔다. 신광은 구도일념으로 그렇게 밤을 보냈다. 이때 달마가 머리를 돌려 신광을 향해 그 무거운 입을 열었다.

"너 무엇 때문에 추운 이 밤을 서서 보냈느냐?"

신광이 말했다.

"법을 들어 깨닫고자 합니다."

다시 달마가 답했다.

"과거에 부처님께서 설산동자로 계실 때 법을 얻고자 나찰에게 투신도 하고 몸이 찢어지는 아픔도 견뎌냈는데, 너는 하룻밤 눈밭에서 도를 구한다고 그리 힘들어 하느냐?"

그러자 신광이 차고 있던 칼[戒刀]로 자기의 왼팔을 절단하여 신信을 표하였다.

달마가 신광에게 법을 내리다

신광이 달마에게 물었다.

"부처님의 법인法印을 들려주십시오."

달마가 답했다.

"부처님의 법인은 남에게 들려줄 수 있는 것이 아니니라."

신광이 다시 물었다.

"저의 마음이 편치 않으니 스님께서 편안케 해주십시오."

달마가 답했다.

"너의 마음을 가져오너라. 편안케 해주리라."

신광이 대답했다.

"마음을 찾지 못했습니다."

달마가 다시 말했다.

"네 마음을 벌써 편케 해주었느니라."

이 말에 신광이 크게 깨달았다[言下大悟].

신광이 깨달음의 희열에 잠시 도취되어 있을 때 달마스님이 게송을 읊었다.

"밖으로 모든 연을 쉬고 안으로 헐떡거림 없이 마음이 장벽처럼 되었을 때 가히 도에 들 수 있느니라[外息諸緣 內心無喘 心如長壁 可以入道]."

신광이 다시 말했다.

"저는 이미 모든 인연諸緣을 쉬었습니다."

이어 달마대사기 말했다.

"그러면 단멸斷滅에 떨어지지 않았느냐?"

신광이 답했다.

"그렇지 않습니다[不成斷滅]."

달마대사가 말했다.

"어찌 그런 줄 아느냐?"

신광이 말했다.

"바로 알아서 무엇으로 미치지 못합니다."

달마대사가 말했다.

"이것이 모든 부처의 증득한 마음체요 너의 불성이니 다시 의심하지 말아라." 하고는 신광에게 혜가慧可라는 호를 주었다.

달마 다시 환생하여 고국으로 가다

그로부터 승속이 배나 더 믿고 귀의했는데 9년이 지나면서 서쪽의 천축으로 돌아갈 생각을 하고 문인들에게 말하였다.

"때가 되었다. 너희들 얻은 바를 말해 보라."

이때 문인 도부가 말했다.

"제가 보기에는 문자에 집착하지 않고 문자를 여의지도 않음으로써 도를 삼는 것입니다."

대사가 말했다.

"너는 나의 가죽을 얻었다."

총지 비구니가 말했다.

"제가 알기에는 아난이 아촉불국을 보았을 때, 한 번 보고는 다시 보지 않을 것 같습니다."

대사가 말했다.

"너는 나의 살을 얻었다."

도육이 말했다.

"사대(四大, 地水火風)가 본래 공하고 오온(五蘊, 色受想行識)이 있지 않으니 제가 보기에는 한 법도 얻을 것이 없사옵니다."

대사가 말했다.

"너는 나의 뼈를 얻었다"

마지막에 혜가(신광)가 절을 하고 제자리에 서자 대사가 말했다.

"너는 나의 골수를 얻었다."

그러고는 다시 혜가를 보면서 말했다.

"옛날에 여래께서 정법안장을 가섭대사에게 전했는데 차츰 전해져서 나에게까지 이르렀다. 내가 이제 그대에게 전하노니, 그대는 잘 지키라. 그리고 가사를 겸해 주어 법의 신표를 삼노니, 제각기 표시하는 바가 있음을 알라."

혜가가 말했다.

"자세히 설명해 주십시오."

대사가 대답했다.

"안으로 법을 전해서 마음을 깨쳤음을 증명하고 겉으로 가사를 전해서 종지를 확정하니 후세 사람들이 얄팍하게 갖가지 의심을 가지고 '나는 인도사람이요, 그대는 이곳 사람인데 무엇으로 법을 증득했다는 것을 증명하리요?' 할 것이니 그대가 지금 이 옷을 받아 두었다가 뒤에 환란이 생기거든 이 옷과 나의 게송만을 내 놓아서 증명을 삼으면 교화하는 일에 지장이 없으리라. 내가 열반에 든 지 이백 년 뒤에 옷은 그치고 전하지 않더라도 법이 항하사, 세계에 두루하여 도를 밝힌 이가 많고 도를 행하는 이가 적으며, 진리를 말하는 이가 많고 진리를 통하는 이는 적어서 가만히 진리에 부합하고 비밀리에 증득하는 이가 천만이 넘으리니 그때는 잘 드날려 깨닫지 못하는 이를 가벼이 여기지 말라. 한 생각 돌이키면 본래 깨달은 것과 같으리라. 나의 게송을 들으라. 내가 본래 이 땅에 온 것은 법을 전해 어리석은 이를 제도하려는 것인데 한 송이 꽃에 다섯 꽃잎이, 열매는 자연히 이루어지리라."

게송을 마치고 잠시 후 다시 말했다.

"나에게 능가경楞伽經 네 권이 있는데 그것마저 그대에게 전한다."

그러고 나서 달마는 서역천축을 향해 발걸음을 옮겼다.

그가 서축을 향해 가는 도중 수많은 사람과 고을의 태수 등이 그에게 가르침을 간절히 구하니 그들을 뿌리치지 않고 일일이 다 가르침을 내렸다.

그렇게 달마대사는 고국을 향해 걸음을 옮겼지만 그는 결국 서축(인도)에 도달하지 못하고 세상과 이별한다. 그것은 마치 석가가 임종을 앞두고 자기 고향이자 고국인 사위성으로 가는 도중 사라쌍수에서 그의 시자 아란이 지켜보는 가운데 조용히 열반에 드는 모습과도 같았다. 그 해가 효명제 태화 19년 병진 10월 5일이었다. 그해 12월 28일 웅이산에 장사지내고 정림사에 탑을 세웠다.

그 뒤 3년만에 위의 송운宋雲이라는 이가 서역에 사신으로 갔다가 오는 길에 총령(파미르고원)에서 달마대사를 만났는데 손에 짚신 한 짝을 들고 홀연히 혼자 가고 있었다고 한다. 송운이 놀라 대사에게 묻되 "스님! 어디를 가십니까?" 하니, "나는 서역으로 돌아가오. 그리고 그대의 군수가 이미 세상을 떠났소"하더라는 것이다. 송운이 이 말을 듣고 아찔하여 대사를 작별하고 동쪽으로 전진하여 복명하려 하니 과연 명제明帝는 이미 승하하고 효장제孝莊帝가 즉위하였다. 송운이 이 사실을 자세히 보고하자 황제가 광壙을 열어 보게 하니 과연 빈 관 속

葱嶺途中手攜隻履

癸未年節夏三角山人堤雲

에 짚신 한 짝만이 남아 있었다. 온 조정이 깜짝 놀랐고 황제의 명에 따라 남은 짚신을 가져다가 소림사에 공양하였다. 당의 개원15년 정묘에 도를 믿는 이를 위하여 오대산 화음사에 모셨다고 하는데 지금은 어디에 있는지 모른다 한다.

달마에 대한 전설적인 일화들이 많이 있지만 이렇듯 그에 대한 자세한 기록이 있는 것으로 미루어 그는 실제 존재했던 인물로 여겨진다. 그가 중국 땅에 들어섰을 때 나이가 115세나 되었다는 설이 있으며 또 전해지는 말에 의하면 그는 본래 귀인상이었으나 구렁이의 업보를 받은 사람을 제도하고는 그 구렁이의 추한 모습을 대신 자기가 받았다고도 한다. 아무튼 그래서 달마의 모습이 귀하기도 하고 험상궂기도 한 게 아닌가 한다.

달마찬

서국의 이방인異邦人이여
어찌하여 동진東進을 하였는가
무엇을 얻기 위해 누구를 위해 그대는
그 길을 갈 수 있었나

바다를 건너고 강물 위에 선 그대

영원한 생명의 화신이여
무엇을 좇고 무엇을 찾는가
가고 가고 또 가고 돌고 돌아선
그 길은 시작도 끝도 없어라

그대 달마여 !
그대는 천년의 수기受期를 받아
만년晩年에 만년萬年을 향하고 있어라

억겁億劫의 한恨을 홀로 짐진 채
가고 가는 고행의 길은
그대의 삶이자 생명의 시작이리라

그대가 던진 그 꽃향기에 만겁萬劫의 업생業生이 놀라
양자강은 말랐고 북망산北邙山마저 무너뜨렸네
그대 성스러운 달마, 구년면벽九年面壁 소림이어라.

삶에 있어서

삶은 어디에서 왔을까?

인생은 무엇인가? 인생의 시작과 끝을 생각하다 보면 어리석은 상념에 젖을 뿐이다.

참으로 알 수 없는 것이 삶이다. 안다고 해도 그 또한 모순일 것이다. 알고 사느냐, 모르고 사느냐 두 가지 다 우문일 뿐이다. 어느 때는 바람이 되고, 어느 때는 외로이 창공에 허우적대는 한 마리 새가 되고, 어느 때는 산 높이 오르는 나그네가 된다. 차라리 높은 산을 숨가쁘게 오른다면 오를 수 있는 사람은 행복하다 하겠다. 왜냐. 다수인은 산을 오를 마음자세마저 갖추지 못하고 그저 멍하니 바라볼 뿐이므로. 다수의 사람도 되고 때론 소수의 사람도 되는 우리네 삶을 풍자하는 허무의 노래는 옛사람이 남기고 간 그대로 유행가가 되어 우리 마음에 각인된다.

인간의 삶 그 자체가 한낱 잠시 드리웠다 없어지는 그림자에 불과한지도 모르겠다. 그렇다. 우리의 불가 또한 삶의 한 모퉁이에 속한 것일 뿐, 그 이상도 이하도 아닌 것이다. 마음의 짐을 한 보따리 짊어지고 고매한 선각을 찾았다 하자. 어떤 선각은 얼른 짐을 받을 것이요, 또다른 선각은 그 짐을 풀지도 못하게 한 채 내쫓을 것이요, 또 어떤 선각은 자신의 베일을 쳐둔 채 그저 임시 방편을 쓸 것이다. 그것은 배아픈 사람에게 소화제 한 알 주는 것과 다름없다. 창자가 끊어져 아픈 것인지 배를 굶주려 아픈 것인지 알려고도 치료하려고도 하지 않은 채 그저 방편의 알약 하나 줄 뿐이다.

붙어서 사나 떨어져 사나 지나보면 별다르지 않다. 그것은 마치 센 바람을 맞든 안맞든, 그 나무는 그 자리에 있을 것이고 죽지 않고 살아 있다는 것이 공통 진리로 귀결되는 것과 같다. 여기에 가지가 하나 부러졌다던가 껍질이 벗겨졌다는 부분적 사정은 중요하지 않다. 살아서 그 자리에 뿌리내리고 있다는 사실 하나가 중요한 것이다.

그러나 사람은 어리석고 연약하다. 한 치 한 마디 위로 쳐드는 것, 올라서는 것, 우쭐한 것을 좋아할 뿐이다. 한 치 높이가 아닌 두 치, 세 치 올라가 보라. 더욱 높이 올라가면 차가운 공기와 두려움과 외로움만 함께할 뿐 행복하고는 거리가 멀다. 그래서 자신을 사무친 수행자들은 약도 병도 어느 것 하나 취하지 않는 것인지 모른다. 약도 병도 때론 부숴버리고 때론 뛰

一心常清淨

處々蓮花開

癸未夏節 三角山人 堤雲

어넘으려고 하는 것일 게다. 반드시 죽을 줄 알면서도 기세등등 돌진하고 부딪치고 깨지고 마는 것이 남자의 본능이다. 거듭 생각하지만 죽을 날이 코앞에 다가오고 결국 아무것도 지닐 필요가 없다고 느끼면서도 우선 욕망과 집착에서 헤어나지 못한다. 소유하고 싶은 본능을 어찌하겠는가.

그러니 앞으로 가도 후회요, 멈추어도 후회요, 뒤돌아가도 후회다.

그것은 허공을 자리 삼아 앉으면 편할 줄 알지만 잠시라도 허공에 기대거나 앉을 수 없는 것과 같다.

어느 고깃배 도둑 이야기

가난하게 사는 어떤 사람이 있었다. 그는 평소 뚜렷한 직업도 없이 그냥 떠돌이처럼 살고 있었다. 그러다 보니 생에 대한 애착도 없고 그저 힘들이지 않고 잘살 것만 생각하게 되었다.

그러던 어느 날 그는 바닷가 포구에서 서성이다 은빛 찬연히 다가오는 고깃배를 보게 되었다. 배에는 고기가 가득했고 배 주인은 행복이 넘쳐 보였다. 그는 잠시 생각하기를 저 고깃배만 있으면 배불리 먹을 수도 있고 장에다 내다 팔면 필요한 것을 다 구할 수 있겠구나 하고는 배를 훔치기로 마음먹었다.

그렇게 마음 먹은 대로 배를 훔쳐 갖는 것이 희망이었고 그 희망은 이루어졌다. 하지만 그 희망이 이루어지자마자 그는 곧 절망에 빠져버렸다.

막상 배를 훔쳐 고기를 잡으러 나갔지만 고기를 잡지 못했

기 때문이다. 배에 고기가 가득한 모습만 보고 배만 훔치면 다 이루어질 줄 알았지 고기를 어떻게 잡는지를 알지 못했던 것이다.

우리는 세상의 한 단면만 보기 쉽다. 남의 밭의 콩이 더 커 보인다는 말이 있다. 그러나 욕심만 내세울 것이 아니라 내 밭의 콩을 더 크게 키우려는 스스로의 노력과 준비가 필요하다. 어떤 직업을 갖고 있는가가 중요한 것이 아니라, 그것을 어떻게 받아들이고 어떻게 결실을 맺느냐가 중요하다 할 수 있다.

출가에 대하여

부처님께서는 29세 때 사랑하는 아들 라후라를 두고, 아리따운 부인 야소다라마저 버리고 아버지 정반왕淨飯王의 만류도 뒤로 한 채 이른 새벽에 몸종과 함께 왕궁을 빠져 나왔다. 그가 이미 출가를 결심했을 때 아시타 선인의 말대로 그분은 전륜성왕이 될 수도 있었지만 그 부족함이 없는 왕궁생활을 다 버렸다. 이것이 출가다.

출가를 단순히 생각하여 집을 뛰쳐나오는 정도로 여긴다면 그것은 가출家出이지 출가가 아니다. 세속의 모든 것―명예, 꿈, 재물, 육친六親까지 다 버릴 수 있어야 진정한 출가라 할 수 있다.

잠시 도피하고픈 마음에 머리를 깎고 산간에 있다 해서 출가가 될 수 없고, 삭발하고 염의染衣를 입고 수계受戒를 했다

할지라도 세속을 버리지 않으면 출가라 할 수 없다. 그래서 출가는 단순한 말도 아니고 쉽게 쓸 수 있는 말도 아니다.

부처님 경전에 나와 있는 설법 제일 부르나의 예를 보자. 그는 수나발라득가국 스바라다 지방 출신이다. 스바락다는 지금의 서인도 봄베이 북쪽에 위치하고 있는 고대 무역항으로 그의 아버지는 스바라다 지방의 장자였다. 그러나 부르나는 노비의 몸에서 태어났기 때문에 아버지가 죽은 후 재산을 나누어 가질 수 없었다. 그는 집을 나오게 되었고 당시 그가 몸에 지닌 것이라고는 *우두전단牛頭旃檀뿐이었는데 그것을 장사밑천으로 해서 크게 돈을 벌었다. 그는 해양무역을 시작했고 그러던 어느 날 사위성(舍衛城, 부처님께서 계시는 곳)의 상인들이 승선한 일곱 번째 항해에서 그는 운명을 바꿀 특별한 계기를 맞게 된다. 그 배에 타고 있던 사위성의 상인들이 무엇인가 열심히 외우고 있었는데 그는 그것에 대해 알고 싶었다. 그리하여 그는 그 상인들을 통해 부처님의 가르침을 알게 되었고, 그후로 부처님은 어떤 분일까, 어떻게 하면 그분을 만날 수 있을까 골똘히 생각하다가 '이번 항해만 끝나면 사위성으로 가리라' 결심을 하게 되었다.

그는 그동안 모은 재산을 모두 맏형에게 주고 삼십 인의 벗과 함께 밤중에 집을 나와 설산에서 고행하여 사선四禪과 오신통五神通을 얻고 *무상정등각無上正等覺을 얻어 부처님이 계신

*우두전단 인도 마야라산에서 나는 향나무 이름.

153

곳을 찾아갔다. 그때 부처님께서는 녹야원에서 설법을 하고 계셨다. 그는 부처님 앞에 엎드려 예를 올리고 말하기를, "오직 원하옵건데 세존이시여, 저희들은 마음으로 출가하기를 바라오니 자비로서 저희들을 구원해 주십시오" 하고 간청했다. 그렇게 해서 출가를 허락받고 나아가 구족계를 받았으며, 뒤에 아라한阿羅漢을 얻게 되었다. 이로써 부르나 존자는 수행을 열심히 하더니 부처님의 십대제자가 되어, 설법說法이 제일이라는 칭호를 얻게 되었다.

진정한 출가는 세속을 뛰어넘어야 한다. 비록 세속에 머물더라도 세속에 물들지 않으면 그것은 진정한 출가 정신이요, 산간에 있어도 세속을 잊지 못하면 출가가 되지 못한다.

치문緇門에 보면 영가永嘉스님과 현랑玄郞스님의 이야기가 나온다. 영가스님은 상당한 경지에 이르러 세상에 나와 중생들을 이롭게 하고자 포교에 전념하였고, 현랑스님은 늦게 출가를 하여 깊은 산에서 수행하며 머물고 있었다. 하루는 현랑스님이 영가스님에게 편지를 보냈다.

편지에는 "영계靈溪에 이르니 마음이 태연하다. 높고 낮은 봉우리를 지팡이 짚고 거닐며 움푹한 바위를 쓸고 편히 앉아 있노라면 푸른 솔 푸른 소沼에 명월이 스스로 드러남을 보고, 또한 바람이 흰 구름을 쓸고 가니 눈앞에 천리가 보인다. 이름난 꽃과 향기로운 과일, 벌과 새들이 서로 물고 오가고 원숭이

*무상정등각 부처님의 깨달음.

의 긴 휘파람소리는 멀리서도 가까이 들려온다. 호미로 베개 삼고 풀을 깔아 요를 대신하며 살아가는데, 지금 세상은 서로 서로 다투기만 한다. 이는 심지心地를 사무치지 못한 것이니 혹 시간이 나면 한번 방문해 주시오"라고 쓰여 있었다. 이러한 편지를 받은 영가스님은 즉시 답서를 보냈다. "먼저 도를 알고 뒤에 산에 거해야지 도를 모르고 산에 먼저 거하면 그 산만 볼 것이요, 반드시 그 도를 잊게 되며, 산에 거하지 않더라도 먼저 도를 알면 그 도를 볼 것이요 그 산을 잊을 것이다. 산을 잊은즉 도성道性이 정신을 돕고 도를 잊은즉 산형山形이 안목을 현란하게 한다. 도를 보고 산을 잊은 자 인간세상 또한 고요하다. 산을 보고 도를 잊은 자 산중이 더 시끄럽다." 영가스님의 이러한 말씀처럼 출가는 환경에도 있지 않고 형식에도 있지 않다.

동서남북

어제는 남쪽으로 돌고
오늘은 동쪽으로 향하고
내일은 서북으로 갈건가

아직은 삶의 여운이 풍족한데

살며시 침침해 가는 것은
멀리 쪽쪽새 울음을 듣지 못해서일까

가는 곳마다 극락을 찾고
참맛 또한 여기에 있네
더럽고 깨끗함이 둘이 아닌데
염染은 염대로 정淨은 정대로

산간과 속세를 둘 다 없애서
하나를 만들어 보세나
병든 사자는 덩실덩실 춤을 춘다

걸레 중광스님과의 **만남**

　내가 수원포교당에서 한창 포교를 할 때의 일이다. 수원포교당은 제2교구 본사 용주사에 속해 있다. 사찰은 도량이 잘 정비되어 있으며 거의 정방형으로 전국의 지방포교 사찰로서는 몇 손가락 안에 드는 유명한 사찰 중의 하나다. 그날도 법회를 마치고 점심공양을 한 후 오후 두 시 가량이 지났을까 하는데 난데없이 허술해 보이는, 차림이 군인도 아니고 군복을 검게 물들인 것 같은 옷을 걸쳐 입은 사람이 눈에 들어왔다. 그가 바로 그 유명한 걸레 중광스님이었다. 그분을 가까이에서 보니 용모가 그리 수려한 사람도 아니고 특별히 개성 있어 보이지도 않았다. 아무튼 그는 불가에서는 나보다 한참이나 선배이니만큼 냉큼 엎드려 큰절을 했다. 내가 알기에 중광스님은 기인 중에서도 기인이었다. 내가 안다는 것이 그의 일상과 행동거처를 제대로 알 수는 없는 일이고 다만 매스컴이나 세간에 떠도는 이야기를 통해서 그의 기행에 대한 얘기를 자주 들었고 또 그의 책이 많은 호기심을 자아내는 면이 있어 재미있게 읽고 보니 그를 꽤나 가까이 알고 있는 듯했을 뿐이다. 그에 대한 일화들은 그 당시 승려의 신분으로는 상상을 초월한 행적이자 삶이라고 여겨졌다.

중광스님은 제주도 출신으로, 일찍이 출가하여 수행력이 대단한 분이라는 정도만 알고 있던 차에 그의 책 『걸레 중광』을 읽어보고 그야말로 걸레 같은 그의 기행들에 그저 놀랄 뿐이었다. 그의 달마 그림을 보면 달마의 정수리에 남자의 성기를 그려 놓는가 하면 닭이 서로 싸우는 그림에도 성기를 크게 드러내 놓은 모습을 묘사해 놓고 있다. 또 미국 어느 대학의 강의실에서 걸레 중광의 달마 선화 시연이 있었는데 그는 큰 붓을 자신의 성기에 매달고 업드려 기면서 그림을 그렸다는 것이다. 그 자리에서 한 여대생이 그에게 키스를 청했는데 그는 키스만 한 것이 아니라 많은 사람들이 지켜보는 가운데 그 학생을 눕혀 놓고 젖가슴을 더듬다가 급기야 여학생으로부터 뺨을 맞은 일도 있었다고 한다. 그 외에도 버클리 대학 동양학과장이던 랭커스터 교수를 만난 일이며 책을 통해 알게 된 이런저런 내용들을 그에게 이야기했더니 중광스님은 내가 자기에 대해 많은 것을 알고 또한 관심을 가지고 있다는 사실에 크게 기뻐하는 눈치였다. 그때 나는 서예를 계속해 왔고 선화에도 관심이 있었던 터라 많은 이야기를 주고받는 중에 서로

達摩大師本是印度人為傳法渡來
南中國其中心思有脫迷惑眾生而此心
外別傳不立文字直指人心見性成佛

庚辰年菊秋
三角山敬聖寺沙門
堤雨

통하는 바가 꽤 있었다. 그는 나의 반야심경 글을 보더니 대뜸 "스님도 이만한 글이면 인사동에서 5만 원은 족히 받겠구먼. 나는 제자를 두지 않지만 스님은 제자로 삼고 싶네" 하면서 "혹시 서울 올라오게 되면 내가 있는 ○○암자로 찾아오게(84년 당시)" 하지 않는가. 그러고는 나를 제자로 여기는 마음을 가져서인지 소주 한 병을 부탁했다. 그 책에서도 밝혔듯이 중광스님은 하루 다섯 갑 내지 스무 갑의 줄담배에 소주를 놓지 않는 사람이었다. 그는 그때 담배는 끊었다고 했다. 나는 선배에 대한 예로 소주 한 병을 기꺼이 사다 드렸다. 감사의 표시였는지 그는 즉석에서 문수동자 그림 두 장을 매직으로 그려주었다. 나는 그 그림을 기쁘게 받고 그와 헤어졌다.

나는 지금도 그를 흠모하는 마음이 없지 않다. 그는 이 세상 사람이 아니라 한 수행자로, 한 인간으로 너무도 파격적인 삶을 살았다고 생각된다. 지금 내가 선화를 하고 예술의 감각으로 일상에 주안하면서 그를 돌이켜보니 그의 예술은 예술 자체이자 인생이고 수행이며 구도 행각의 하나였다고 여겨진다. 또한 범인이 흉내낼 수 없는 초월적 삶 속에서 선화가 무엇인가를 세상에 알리는 큰 역할을 하였기에 선화를 하는 나로서는 그를 존경해 마지않는다.

한용운의 님

'님은 갔지만 나는 님을 보내지 않았습니다' 이 구절은 너무도 불교적이라는 생각이 든다.

님이 부처이든 조국이든 사랑하는 사람이든 그 무엇이든 간에 그것을 논하고 싶지 않다. 다만 이 구절에서 말하고 있는 뜻이 중요하다고 여긴다.

이것은 인간의 마음을 말하고 있다고 할 수 있다. 불교에서는 일체유심一切唯心을 강조하고 있는데, 여기에는 외형적인 것을 인정하지 않겠다는 뜻이 들어 있다고 하겠다. 외형상 이별이건 빼앗김이건 인위적으로 갈라놓건 이러한 것들은 진정으로 이별도 멀어짐도 빼앗김도 아니다. 따라서 슬퍼만 할 일도 아니라는 것이다. 예를 든다면 마음을 깨치고 (즉 자기를 알았을 때) 임종을 맞이 했는데 어리석은 사람은 눈물을 흘리거나 아쉬워할 수 있겠지만 불가에서 보면 다시 인도 환생할 수도 있고 불생불멸不生不滅에 이를 수도 있다.

만약 님이 조국이라면 백성이 나라를 버리지 않았으니 진정 나라가 없어지거나 떠나버린 것이 아니고, 그 님이 부처라면 내가 절간에 있건 쫓겨났건 파계하고 속인이 됐건 그것은 외형상 세속적 모습일 뿐, 진정 내 마음 깊은 곳에서 부처를 잊지 않으니 (사모함) 부처는 내 마음속에 항상 나와 함께 할 것이요, 그 님이 사랑하는 사람이라면 내 마음에서 그를 놓아주지 않는 한 완전한 이별이나 떠남 그 무엇도 아닌 것이다. 바로 이 대목이 유심의 세계를 말하고 있고 이것이 외형적 모든 유위현상有爲現像이 아닌 인간의 내면을 말하고 있다고 할 때 부처의 가르침이 바로 이런 것이라고 나는 여긴다. 한용운, 그는 진정 부처의 가르침을 시를 통하여 크게 쓰는구나 하는 생각을 해본다.

따라서 그 당시 국난에 처했던 우리 민족에게 마음의 위안을 주고자, 즉 희망을 갖게 하고자 그 시를 쓰지 않았을까 하는 생각을 한번 해본다. 그러므로 님은 자연히 우리들 자신이 되지 않을까?

육조대사 이야기

육조스님의 성은 노盧이고 불명은 혜능慧能이다. 육조라는 이름은 해동 초조이신 달마로부터 여섯 번째 조사라는 의미를 갖는다. 중국이 낳은 위대한 천재며 중국불교에 큰 획을 그은 분이라 할 수 있다. 학문이 아니라 정신의 영역이 어디까지인가를 보여준 대표적 인물이다.

그는 가난하고 배우지 못한데다 늙고 병든 홀어머니까지 모셔야 하는 불우한 천민에 불과한 사람이었다. 그가 후세에 사람들에게 알려지게 된 것은 그가 남긴 걸작 중의 걸작이라 할 수 있는 육조단경六祖壇經이 있었기 때문이다.

그의 모든 것이라 할 수 있는 단경은 부처님의 금강·법화·능엄경 등에 못지 않는다. 그리고 인도의 그 유명한 유마경과도 견줄 수 있는 좋은 작품이다.

그는 달마 이후 달마가 중국 땅에서 내세웠던 선의 사상, 특히 *돈오頓悟사상이 무엇인가를 몸소 보여줬으며 그 결정체를 일구어냈다고 할 수 있다.

당시 중국이라는 나라는 일찍이 언어 문자 등이 발달했고 지식인은 그 문자와 더불어 이해할 수밖에 없었다. 그러한 사회에 그가 정신의 영역이 문자를 뛰어넘을 수 있으며 또 문자에 집착하지 않고도 자기완성에 이를 수 있고, 나아가 불교의 가르침처럼 큰 깨달음을 얻고 중생을 이롭게 할 수 있다는 것을 확연히 보여준 스님이 아닌가 한다.

그는 홀어머니를 모시고 생활하기 위해 온갖 고생을 다 했지만 그가 가진 능력이라아 겨우 나무를 헤다 파는 정도였다.

어느 날 그가 시장에서 나무를 팔고 있을 때 어떤 스님의 독경소리를 듣게 되는데 '응무소주이생기심(應無所住而生其心, 머문 바 없이 그 마음을 내더라)'이라는 대목에서 큰 깨달음을 얻게 된다. 그는 곧 스님께 지금 독경하고 있는 것이 무엇이냐고 물었고 스님은 곧 금강경이라고 말해 주었다. 그리고 그 스님이 있는 곳에 오조홍인五祖弘忍 큰스님이 계시다는 말도 듣게 되었다.

혜능은 곧장 홍인대사를 찾아갔다. 혜능의 전후사정을 들은 홍인대사는 그를 제자로 받아 주었다. 그는 처음에 절간에서

---

*돈오　소승에서 대승에 이르는 차례를 거치지 않고 대승의 깊은 교리를 단번에 깨닫는 것.

디딜방아에 올라 곡식 빻는 일을 했다. 그러던 어느 날 홍인스님께서 대중에게 공시하기를 '내 뒤를 이을 수 있는 후계자를 찾고 있으니 사내 대중 가운데 누구든 자기의 공부를 드러내 보라' 는 내용의 방을 붙였다.

당시 신수神秀라는 뛰어난 스님이 있었는데 그 스님이야말로 오조스님 이후 그 자리를 이을 분이라는 것을 아무도 의심하지 않았다. 신수스님은 곧 다음과 같은 글을 올렸다.

신시보제수身是菩提樹
심여명경대心如明鏡臺
시시근불식時時勤拂拭
막사유진애莫使有塵埃

몸은 보리수요
마음은 밝은 경대와 같고
때때로 티끌을 떨쳐
다시 때가 묻지 않게 하라

이렇게 방을 붙이니 사람들이 와서 보고는 웅성대기 시작했다. 역시 신수상좌는 훌륭하다고 칭송을 하고 있을 때 오조 홍인대사가 신수상좌를 불러 말하기를 "네가 이 게송을 지었느냐? 만약 네가 지은 것이라면 마땅히 나의 법을 얻으리라" 하였다. 신수가 "부끄럽습니다. 실은 제가 지었습니다만 감히

達摩面壁少林凡九年至言
教外別傳不立文字直指
人心見性成佛

辛巳年周棣
清葉之節
堤記

조사의 자리를 구함이 아니오니, 원하옵건대 스님께서는 자비로써 보아주옵소서. 제자가 작은 지혜라도 있어서 큰 뜻을 알았겠습니까?" 하니, 홍인스님이 "네가 지은 이 게송은 소견은 당도하였으나 다만 문 앞에 이르렀을 뿐 아직 문 안으로 들어오지는 못하였도다. 범부들이 이 게송을 의지하여 수행하면 곧 타락하지 않겠지만 이런 견해를 가지고 위없는 보리를 찾는다면 결코 얻을 수 없을 것이다. 모름지기 문 안으로 들어와야만 자기의 본성을 보느니라. 너는 우선 돌아가 며칠동안 더 생각하여 다시 게송을 하나 지어서 나에게 와 보여라. 만약 문 안에 들어와서 자성을 보았다면 마땅히 가사와 법을 너에게 부촉하리라" 하셨다.

신수상좌는 돌아가 며칠을 지냈으나 게송을 짓지 못하였다.

이미 오조 홍인스님은 신수상좌의 게송을 보고 대중에게 일러놓았다.

"너희들은 모두가 이 게송을 외라. 그리하면 바야흐로 자성을 볼 것이고 이를 의지하여 수행하면 곧 타락하지 않으리."

대중들이 이를 모두 외고 감탄해 마지않았다.

한 동자가 이 게송을 외면서 방앗간 옆을 지나게 되었는데 이를 듣고 노盧행자가 물었다.

"지금 외고 있는 것은 무슨 게송인가?"

이에 동자가

"나는 모른다. 큰스님께서 말씀하시길 '나고 죽는 일이 크니 가사와 법을 전하고자 한다' 하시고 문인들로 하여금 각기 게송 한 수씩을 지어와서 보이라 하셨다. 글을 보아 큰 뜻을 깨쳤으면 곧 가사와 법을 전하여 육대의 조사로 삼으리라 하셨는데 신수상좌가 남쪽 벽에 무상게無相偈 한 수를 써놓았더니 오조스님께서 이 게송을 외라 하셨다"라고 대답했다.

이 말을 듣고 혜능은 "바라건대 그대는 나를 남쪽 복도로 인도하여 이 게송을 보고 예배하게 하여 주게. 또한 이 게송을 외워 내생의 인연을 맺어 부처님 나라에 나길 바라네" 하였다.

동자가 혜능을 남쪽 복도로 인도했을 때 혜능은 곧 이 게송에 예배를 하였다. 다만 글자를 알지 못하는 관계로 어느 사람에게 읽어 주기를 간청했다. 곧 그 뜻을 알게 된 혜능은 다시 글 쓸 줄 아는 이에게 부탁을 해서 자신의 본래 마음을 나타내는 글을 서쪽 벽에 쓰게 하였다.

혜능이 게송에 이르기를

보제본무수菩提本無樹
명경역비대明鏡亦非臺
불성상청정佛性常淸淨
하처유진애何處有塵埃

보리는 본래 나무가 없고
밝은 거울 또한 받침대가 없네

부처의 성품은 항상 깨끗하거니
어느 곳에 티끌과 먼지 있으리오

이렇게 서쪽 벽에 붙은 혜능의 글을 사람들이 읽고는 괴이하게 여기고 수군대기 시작했다.

이 글을 오조스님도 직접 보고는 혜능의 큰 뜻을 알았으나 대중들이 동요를 할까 우려해 "이도 또한 아니로구나" 하시면서 곧장 혜능의 방앗간으로 가서는 주장자를 세 번 내리치고 가버렸다. 이에 혜능이 그 뜻을 알고 밤중 삼경에 조사당에 들어가니 오조스님이 금강경을 설하여 주었다. 혜능은 한 번 듣고 문득 깨쳤다.

그날 밤으로 법을 전해 받으니 사람들은 아무도 알지 못했다. 오조스님이 말하기를 "네가 육조대사가 되었으니 가사로서 신표로 삼을 것이며 대대로 이어받아 서로 전하되 법은 마음에서 마음으로 전하여 마땅히 스스로 깨치도록 하라." 오조스님이 다시 말하기를 "혜능아, 옛부터 법을 전함에 있어서 목숨은 실낱에 매달린 것 같아서 만약 이곳에 머물면 사람들이 너를 해칠 것이니 너는 모름지기 속히 떠나라." 혜능이 가사와 법을 받고 밤중에 떠나려 하니 오조스님은 몸소 구강역까지 혜능을 전송해 주면서 한 말씀 일렀다. "너는 가서 노력하라. 법을 가지고 남쪽으로 가되 3년 동안은 이 법을 펴려 하지 마라. 환란이 일어나리라. 뒤에 널리 펴서 미혹한 사람을 잘 제도하여 마음 문이 열리면 너의 깨침과 다르지 않으리라." 이에 혜능은 오조스님과 하직을 하고 곧 남쪽으로 떠났다.

그로부터 두 달가량 되어서 그가 대유령에 이르렀을 때 신수 대사를 따르던 전직 장군 출신인 혜명스님이 뒤를 좇아왔다.

혜능은 발밑에 가사와 *발우鉢盂를 놓으며 "이것을 힘으로 하겠는가?" 하였다. 그러나 혜명은 발우를 들지 못했다. 바닥에서 떨어지지 않는 것이었다. 그러자 혜명이 말하기를 "나는 법을 구하려 함이요, 가사는 필요치 않습니다" 하였다.

그때 혜능이 "내 너를 위하여 말하리다. 불사선 불사악不思善 不思惡하라. 이럴 때 명상좌의 본래 모습이 무엇이냐?" 라고 묻자 혜명이 그 말에 크게 깨닫고 다시 묻기를

"이제 하신 ㄱ 비밀한 말씀과 비밀한 뜻 외에 또다른 뜻이 있나이까?" 하였다.

"내가 이제 말한 것은 비밀한 것이 아니니 네가 돌이켜 볼 비밀한 것이 네게 있느니라" 하니 혜명이 또 말하기를

"제가 그동안 황매현에 있었으나 실로 제 본래 면목을 알지 못하였더니 이제 가르침을 입으니 사람들이 물을 마시며 차고 더움을 스스로 아는 것과 같나이다. 행자께서는 제 스승이십니다" 라고 말하고는 헤어졌다.

그 후 혜능이 조계曹溪에 이르러 또 악인들에게 쫓겨 사회현 四會懸으로 피난하여 사냥꾼들 틈에서 무릇 15년을 지냈다. 그들이 그물을 지켜달라 하면 매양 보아서 산 생명이 있으면 놓

---

*발우 탁발을 다니는 수행자의 밥그릇을 지칭한다.

아 주었고 식사때가 되면 냄비에 고기대신 나물을 무쳐 내놓
으며 먹고 지내던 어느 날, 하루는 생각하니 법을 펼 때가 온
지라. 그곳 피난 생활에서 벗어나 광주 법성사에 이르니 그곳
에는 인종법사가 있어 열반경涅槃經을 강하는 중이었다. 그때
마침 바람이 불어 깃발이 펄럭이고 있었는데 그걸 보고 한 스
님은 "바람이 움직인다"라 하고, 한 스님은 "깃발이 움직인
다"고 하며 서로 다투고 있었다. 혜능이 듣다가 "그것은 바람
이 움직이는 것도 아니요, 깃발이 움직이는 것도 아니요, 당신
의 마음이 움직이는 걸세" 하니 가히 온 대중이 놀라워했다.
인종법사는 혜능을 상석에 청하고 여러 가지 깊은 뜻을 물어
힐난할 새, 혜능의 말이 간략하면서 이치가 분명한 것을 알고
또한 문자에 전혀 얽매이지 않음을 보고 실로 경탄했다. 그는
황매현의 법이 남쪽으로 갔다는 말을 이미 오래 전부터 들어
왔던 터라 이는 필시 범상한 사람이 아니라는 것을 알아채고
는 혹시 하는 마음을 가졌다. 혜능으로부터 전후사정을 듣게
된 인종법사는 그제서야 이분이 그 유명한 노행자며 오조 홍
인의 법을 이은 분이라는 걸 알고 예를 다하여 그를 받들었다.
이렇게 해서 중국 선종사에 찬란히 빛나는 육조시대가 열리게
된다.

만행

　보통 사람들은 '스님들은 무슨 낙으로 살까? 여우 같은 마누라가 있는 것도 아니고, 눈에 넣어도 아프지 않을 자식이 있는 것도 아니고, 먹고 싶은 것 다 먹을 수도 없을 텐데……' 하면서 아쉬움과 동정이 어린 시선을 보내기도 한다. 그러나 수행승으로서 말하건데 그것은 천만의 말씀이다.

　흔히 "스님, 왜 머리 깎았소, 왜 출가하셨소?"라는 물음에 스님들은 하나같이 이렇게 대답한다. "대자유인이 되기 위해서요."

　자유니 대자유인이니 라고 말하면 그럼 누구는 누군가에 의해 구속이라도 당하고 사느냐고 할 수도 있겠지만, 우리는 누군가에 의해 구속당하거나 괴롭고 슬프고 아프기까지 한 것이 아니다. 다만 스스로 괴로움을 만들고 그 괴로움을 달래고 하는 것이다. 어떤 사람이 울어 보라고 해서 눈에 눈물이 생기지는 않는다. 스스로 마음문이 막히면 눈물이 흘러내린다.

세인이 작은 영역에 안주하면서 스스로 행복을 만들어 나간다면 스님들은 저 넓은 황야에서 때론 코끼리가 되고 때론 사자가 되어 황야를 마음껏 노닌다고 할 수 있을 것이다.

사람들은 각기 자기에게 주어진 영역에서 행복을 가꾸고 여가를 즐기며 사는데, 출가승은 세인과 좀 다르게 살아간다. 수행을 하는 시간을 안거安居라 하여 여름, 겨울 각 석 달씩 공부를 한다. 그러다가 그 기간이 끝나면 산철[解制]이라 하여 여기저기 자리를 찾고 스승을 찾아 만행萬行이라는 것을 한다. 만행이란 온갖 행을 뜻하지만 요즘은 절 만卍자를 써서 사찰, 즉 수행공간을 찾는다는 의미를 부여하기도 한다. 얼핏 생각하면 만행을 그저 여기저기 이 절 저 절 찾아다니는 것쯤으로 생각하겠지만 수행자의 일거수 일투족이 다 만행이라 할 수 있다. 화엄경 선재동자 구도기에서 선재동자가 구법求法을 위해 53 선지식善知識을 친견하는 것이 바로 대표적 만행의 모습이라 할 수 있다. 훌륭한 수행자나 대보살을 친견하기도 하고 사대부를 만나기도 하며 상인을 만나기도 한다. 심지어는 창녀굴에 들어가 창녀와 함께 있기도 한다. 이 모든 것이 만행이요, 수행이다. 만행과 수행은 출가자에게만 주어진 특혜라 여겨도 좋을 것이다.

나 역시 지난날을 돌이켜 보면 온갖 만행의 시간이 있었다. 무릎까지 눈쌓인 소백산을 침침한 회색 달빛 그림자를 그리며

넘던 순간이 있었고, 해가 서산에 지고 사방이 온통 회색빛으로 물든 때 저멀리 외딴집 굴뚝에서 뭉실뭉실 피어오르는 저녁연기를 보며 쓰린 배를 움켜쥔 적도 있었다. 그러나 바랑을 풀고 산등성이에 홀로 앉아 솔내음 감도는 바람 속에 있으면 '아아, 이것이 행복이고, 이것이 출가자만이 누릴 수 있는 대자유다' 하는 생각을 갖게 된다.

아무 생각없이 아무 바람없이 아무도 당기는 끄달림없이 그저 한걸음 한걸음 산걸음이 되어 물소리 들으며 걷고 또 걸을 때 그 자유로움은 행복이라는 단어와도 비교가 되지 않는다.

업은 그림자와 같아서

불교를 잘 알지 못할 때는 업(業, Carma, 作爲, 所作)이라는 용어도 이해하지 못할 뿐 아니라 그 말을 쓰면서도 뜻을 이해하려 들지 않는다. 그러니 자연 실감하지 못한다. 만약 어떤 사람이 잠을 자다 꿈을 꾸었는데 깨보니 느낌이 좋지 않았다. 그럴 때 그것을 무시해버리면 그는 업에 대해 실감하지 않기 때문이다. 그러나 꿈이 거듭 현실이 되면 그는 꿈을 무시하지 않게 된다. 업이란 것이 그와 같아서 현실적으로 받아드리기는 어렵다.

고승들의 대표적 법문法門을 하나 든다면 '나의 과거[前生]를 알려고 한다면 현재의 내 모습을 보라. 내일의 일을 알려고 한다면 현재 내가 무엇을 하는지 보라'고 한다. 이러한 법문도 지나가는 글로만 받아들이기 쉽다. 스스로 체험하지 못하면 업이라는 말은 불교에서 쓰는 용어에 지나지 않는다. 나 역시 입산을 했을 때 그 말을 잘 알지 못했다. 그러나 절에 와서 부처님 공부를 하면서 지난날과 현재 그리고 앞으로 다가올 미래를 생각하면서 바로 이것이 업이구나 하는 생각을 하게 된다.

아직 세상사 다 이해하지 못했던 나로서는 절에서 스님들의 수행하는 모습을 보고 놀라지 않을 수 없었다. 일반적으로 사회에선 좋은 일은 내가 하고 힘들고 더러운 일은 남에게 떠넘기기가 일쑨데 절에서는 그와 정반대였다. 스님들은 열 명이 됐든 백 명이 됐든 각자 소임이 있다. 나이가 어리면 어린 대로 나이가 많으면 많은 대로 누구 한 사람 그냥 적당히 지내는 법은 없다. 그가 참선을 하든 경학을 하든 그것은 스스로의 공부일뿐 소임을 갖는다는 것은 동등하다. 내가 더욱 놀란 것은 힘들고 더러운 소임이라 할 수 있는 공양주(밥 짓는 일)며 정통(淨桶, 화장실 청소) 등을 서로 하겠다고 하는 것이다. 우선 공양간을 말하자면 새벽 세 시에 일어나 부처님께 예경을 하고 곧바로 후원(공양간)에 들어 쌀을 씻고 불을 지피고 하는데, 절이란 대중이 워낙 많다 보니 삽으로 밥을 풀 정도니 얼마나 힘든 일인지는 해보지 않고 짐작하기 어렵다. 정통 소임 또한 가정집도 아닌 큰 사찰이다 보면 그 규모도 크기에 한 번 청소를 할 때면 몇 시간씩이나 소요되는 일인데도 스스로 하겠다고 나서는 것이 바로 스님들이다. 그것은 바로 업이라는 것을 소멸하기 위함이다. 세속에서 지낼 때 미처 생각하지 못한 것을 절에 들어와서 비로소 알게 된 것이다.

　스스로 지은 업이 얼마나 스스로를 힘들게 하는 것인지 그로인해 앞으로 삶이 어떻게 전개될 것인지를 절간에서 실감하게 된 것이다. 이렇게 절이란 곳은 쉽게 감상적으로 넘길 수 있는 모든 것들을 스스로 실행하여 업을 소멸하지 않으면 안 된다는 강한 집념을 갖게 했고, 이로 인하여 하심下心을 하게 되며 또 인내를 얻게 되고 공동체를 이해하게 된다.

　사찰에 가면 흔히 법당에서 스님들이 절을 하면서 기도를 하는데 이것이 대체로 업을 소멸하고자 하는 기도다. 물론 원력을 성취하기 위한 기도도 있겠지만 업을 소멸하고자 하는 경우가 많다. 나도 지난날 업을 소멸하겠다고 지장보살상 앞에서 기도를 한 적이 있다. 여름에 접어들 무렵 울주군 은을암에서 삼칠일기도를 연이어 세 번 하고 나니 더운 여름이 다 지나갔다. 새벽 세 시부터 두 시간, 오전 열 시, 오후 두 시, 저녁 일곱 시에 각각 두 시간씩 하고 나면 밤 아홉 시가 되어야 하루 기도가 끝난다. 이렇게 기도가 끝나면 더운 여름이라 장삼자락에 땀이 흠뻑 배게 된다.

　업에 있어서, 현생에 짓고 현생에 받는 것이 순현업順現業이고 현생에 짓고 다음 생에 받는 것이 순생업順生業이며 차후생에 받는 것이 순후업順後業이다.

　여기에서 주목할 것이 있다. 지금 우리는 너나 할 것 없이 이 세 가지 업을 받았고 또 받을 예정에 있다는 사실이다. 덧붙이자면 업은 그림자와 같아서 항상 나와 함께 하는 것이다.

定業不滅

堀口

그 누구도 대신할 수 없다. 그러기에 업을 소멸하고 항상 청정한 마음으로 살아가야 한다.

선이란 무엇인가

선禪은 정신을 고요하고 맑게 하여 순수한 집중을 통해 깨달음에 이르게 하는 것이다. 마치 강을 건너는 데 필요한 나룻배와 같은 것이지만 그 자체가 정각正覺은 아니다. 그러나 깨달음이라는 목적에 도달하기 위한 수단으로서는 최고라 할 수 있다.

선은 처음에 인도에서 비롯되어 점차적으로 퍼져 나갔다. 인도라는 나라의 환경토양이 선을 하지 않을 수 없게 되어 있다. 그 특별한 기후가 만들어낸 삶의 단계를 보면 범행기梵行期, 가주기家住期, 임주기林住期, 유행기遊行期 네 단계로 삶이 지탱된다고 하겠다. 범행기는 기본교육을 받는 시기를 뜻하는 것으로 오늘날의 학교수업에 해당된다. 가주기는 집에 머무는 시기로써 결혼을 하고 자식을 키우고 하는 일상과정이고, 임주기는 숲을 찾아 명상 공부를 하고 스승을 찾아 가르침을 받기도 하는 시기다. 유행기는 글자 그대로 여기저기 다닌다는 말이다. 즉 일정한 나이가 되면 집과 가정, 자식으로부터 해방이 되어 아무 끄달림 없이 산천을 찾아 수행도 하고 강가에서 휴식을 취하기도 한다. 이것이 오늘날 인도와 근접한 불교 국가인 태국·미얀마·세일론 등에서 그 나라 종법宗法에 따라 스님들이 계첩을 바치는 의식으로 자리잡게 된 것이다. 원래 계를 받았다는 증표가 계첩인데, 그 계첩을 바친다는 것은 일체의 구속이나 끄달림, 환경으로부터 자유로워진다는 것을 의미한다. 선이라는 말은 산스크리트어 디야나dhyana, 팔리어 자나(jhana)의 역어로, 음사는 선나禪那, 영어로는 Zen이 된다.

중국의 선

인도의 명상이 점차로 발달되고 보편화되면서 중국대륙의 풍토에 맞게끔 접목되어 발달했다. 달마가 중국에 건너오기 전에 이미 중국은 불교를 숭상하고 인도의 명상 또한 도입이 된 상태였다. 그즈음 달마가 중국에 와서 중국의 선이 꽃피우게 되는데 이 과정에서 선은 두 영역으로 분류된다. *공안公案을 받아 그것을 타파하는 간화선看話禪이 있고 어떠한 지시나

---

*공안 선가에서 사용하는 특유의 용어로서 참선 수행자가 궁구하는 문제를 말한다.

문제 또는 방법도 없이 그냥 묵묵히 관조하는 묵조선默照禪이
있다.

간화선看話禪에서는,
화두話頭를 가지고 수행을 해 나간다. 예를 들면 어떤 스님
이 묻기를 "일체중생이 실로 다 불성을 가졌다(一體衆生實有佛
性 일체중생실유불성)하는데 그렇다면 개도 불성이 있습니까?"
하니 "없다(無 무)" 했다.
이럴 때 '모든 중생이 다 불성을 가졌다 해놓고는 다시 개는
불성이 없다고 하는가?' 이 말을 놓고 의심 또 의심을 거듭하
면서 깨달음에 도달하는 것이다. 간화선은 대혜종고(大慧宗杲,
1089-1163 송말기) 스님에 이르러 정점에 이른다. 대혜스님은 달
마의 법손法孫인 임제臨濟스님이 창종한 임제종의 스님이다.
대혜스님은 묵조선의 선수행을 묵조사선默照邪禪이라고까지
맹공격한 것으로 유명하다.

묵조선默照禪이란,
일체의 사량思量을 끊고 오직 눈을 감은 채 오롯이 앉아 정
진을 하는 것이다. 묵조에서 '묵默' 자를 보면 어둠 속에서 개
가 짖고 있는 모양이다. 그 짖는 소리를 시각화하면 암흑(무명
을 의미) 속에서 시뻘건 불길이 치솟는 것으로 보인다.
'조照' 자를 보면 어두움이 걷히면서 햇살이 점점 퍼져오는
모습이다. 간화선과 묵조선의 구분은 목적의 차이가 아니라

방법의 차이라고 할 수 있는데, 상관관계로 보자면 그 본체[定]를 잃었을 때는 묵조선으로 이를 되찾아야 하고, 그 작용을 잃었을 때는 간화선으로 이를 회복시켜야 한다. 부처님의 육년 고행이나 달마의 구년 면벽은 묵조선에 가깝다고 하겠다.

한국의 선

고구려, 백제시대에는 특별히 선을 언급한 이야기가 없다. 통일신라시대 말기(서기 9세기), 지나支那로부터 선법이 전래하여 고려초에 이르러(10세기 초) 구산선파九山禪派가 만들어졌다. 그 가운데 달마계의 사조四祖 도신의 법을 전해 온 조계 혜능의 남선南禪을 받은 조계-남악-마조계가 있고, 조동선曹洞禪을 받은 조계-청원-석두계가 있었다. 그 뒤 운문-법안-위앙종 등 모든 선의 맥락이 중국의 그것과 같이 전래되었다.

그러던 것이 고려말엽에 불일보조국사佛日普照國師가 한국적 독특한 선법을 낳았다. 당시는 신라이래 발전해온 해동, 화엄, 율종, 염불종, 신인, 자인, 자은, 천태종 등과 선의 구산파가 서로 경쟁하며 내려오던 시대라 하겠다.

그때 국사는 보문사에 은거하며 3년간 장경을 열람하면서 부처님이 말씀한 경전이 과연 선문과 다른가를 탐구하던 중 어느 날 화엄경 여래품에 '모든 중생이 똑같이 여래의 지혜와 덕상을 갖추어 지니고 있건만 다만 망상에 가려 스스로 깨닫지 못하고 있다. 만일 망상만 여의면 여래무사지와 자연지가 그대로 드러나게 된다'라고 한 대목에서 크게 깨닫게 된다.

그때 국사께서는 책을 덮어두고 자행일치를 주장하게 된다. 이후 정혜쌍수定慧雙手를 외치고 원융관행圓融觀行, 간화경장看話經藏, 무심합도無心合道, 염불삼매念佛三昧 등을 하나로 묶어 회통會通하였다.

그는 수선사(지금의 순천 송광사)에 머물며 수행을 독려하게 되었고, 어느 날 대중이 모인 법회에서 향을 사르고 스스로 임제臨濟의 법손임을 자인하였다. 아마 당시 대중들로서는 크게 놀라지 않았을까 생각한다. 그뒤로 곧 세상에 출현한 분이 태고보우국사太古普愚國師이시다. 보조스님이 스스로 임제의 법손임을 대중에게 알렸다면, 태고스님은 정통법맥을 이어받았다 하겠다. 그는 직접 중국에 가서 수행을 하고 임제스님의 법손인 청옥선사로부터 법을 받았다. 그러므로 사실상 그는 달마 이후로 내려오는 법맥을 전수받은 한국불교 조계종의 중흥조가 된다고 하겠다.

마음에 대하여

마음이란 어찌보면 추상적 용어다. 들어서 뚜렷하게 무엇이라 할 수 없다.

마음을 찾는다면 가슴에서 찾을 것인지 머리에서 찾을 것인지 아니면 허공에서 찾을 것인지 또한 부처나 성신에게서 찾을 것인지. 그 어디에도 근거를 들 수 없는 것이 마음이다. 그러나 사람들은 마음을 말하고 있다. 마음이 도대체 무엇이건데 이렇게 마음 마음 하는 것일까.

누구나 공통적 관점에서 마음을 말한다면 마음은 시간과 공간에 구애되지 않는다. 그러나 마음은 시간과 공간 환경에 따라 변화한다. 이것이 마음이다. 어제의 마음이 다르고 오늘의 마음이 다르다. 어떤 사람은 결혼하면서 서로 약속하기를 변치 말자 사랑한다, 영원히 당신만을 사랑한다 하지만 세월이 지나면 그 약속이 지켜지지 않는다. 그러나 그 약속이 지켜지지 않는다고 지키지 않은 사람을 무조건 잘못이라 할 수 없다. 따라서 과거의 마음이 현재까지 지켜져야 한다는 고착된 마음도 옳지 않다. 인간은 변한다. 인간뿐 아니라 모든 사물은 다 변한다. 나아가 사물뿐만 아니라 정신의 작용도 변한다. 정신과 육신이 따로 구분된다고 말들 하지만 육신이 흐느적거리는데 정신만 뚜렷할 수는 없는 것이다. 육신이 다하면 정신도 끝난다. 거꾸로 말하면 정신의 작용이 정지된다면 육신의 작용도 멈춘다고 봐야 할 것이다.

그렇다면 마음은 과연 무엇인가?

한문에서 심心 자를 보면 양날개와 밑에 몸통 받침이 있고 위에 덮개가 있다. 이것은 한 마리의 나는 새를 연상할 수 있다. 새란 변화를 의미한다. 그래서 심자와 잘 조화를 이루는 것이 절 만卍 자다. 만자는 가장 안정된 기호학적인 사각을 띠면서 위아래 좌우를 구분하고 돌아가는 팔랑개비와 흡사한 모습이다. 이것은 변화를 상징적으로 표현한 것이라고 여겨지는데, 달마 혈맥론에 의하면 '과거 부처도 현재 부처도 다 마음을 말한다. 마음이 곧 부처요 부처가 곧 마음이다' 라고 하며, 심지장경心地藏經에 의하면 '마음이란 본래 있는 것이 아니어서 번뇌에 더럽혀질 여지가 없느니 어찌 마음이 탐진치貪瞋痴에 의해 더럽혀지며, 삼세에 속하는 온갖 것에서 무엇을 마음이라 하랴. 과거의 마음은 없어졌고, 미래의 마음은 오지 않았고, 현재의 마음은 머물지 않아서 온갖 사물의 외면적 양상이 인식되지 않으며 온갖 사물의 안도 겉도 아닌 중간의 모습도 인식되지 않는다'라고 하였다.

그렇다면 마음은 어떤 작용을 하는지 생각해보자. 기신론起 信論에 의하면 '한 마음에 두 가지 문이 있는데 하나는 청정한 마음이요, 하나는 생멸, 즉 분별하는 마음이다'라고 하는데 그럼 청정한 마음은 무엇이며 생멸하고 분별하는 마음은 무엇 인가. 청정한 마음은 마치 물이 바람을 만나지 않을 때와 같고 분별하는 마음은 고요한 물결에 바람이 찾아오니 성난 파도로 변한 것이라고 이해할 수 있다.

유식唯識적으로 보면 눈·귀·코·입·혀·의식을 여섯 가 지 뿌리라 하는데 이 육근이 육경을 인식하는 단계(제6식)를 거치고 그것을 저장하기 위해 분별하는 과정(제7식 마나야식)을 거쳐 저장(제8식 아리야식)을 하였다가 어떠한 현상을 감지하거 나 그 경계에 이르면 그것을 드러낸다. 그런데 아리야식은 장 식藏識이라 하여 창고처럼 좋고 나쁜 것을 다 저장한다. 때문 에 아리야식은 청정할 수도 있고 그렇지 않을 수도 있다. 이 마음을 마인드Mind니 맨탈리티Mentality니 하는데 이것은 옳 고 그름, 선과 악을 판단하는 힘 정도로 여긴다.

마음을 다스리는(Mind Control) 자기 최면적인 방법도 있고 나아가 남의 마음을 조절할 수도 있다. 그러나 불교적으로 이 해해서, 한 생각 일으키면 중생(起一念卽衆生)이라 하고 한 생각 일으키지 않음을 부처(不起一念卽佛)라 하듯 그저 고요한 마음,

청정한 마음(自性淸淨心)을 가진다면 바로 눈 앞에 펼쳐진 사사물물경계事事物物境界가 편안하리라 하겠다.

관음과 문수

관음觀音은 고통으로 신음하는 중생의 소리를 듣고 구원해 주시는 보살이며, 문수文殊는 어리석음에서 허우적대는 중생을 지혜로써 구원해 주시는 보살이다.

관세음보살이 32가지 내지 천의 손과 천의 눈으로 중생을 보살핀다면 문수보살은 때론 동자가 되어 다가오고 때론 노파의 모습으로, 또 근엄한 선비나 할아버지의 모습으로 변신하여 우리들에게 깨우침을 주고 길을 열어 보이므로 항상 우리 곁에 함께하고 있다. 다만 눈이 없으면 코앞에 두고도 보지 못하듯 우리의 탐욕과 어리석음이 그들을 가까이 하지 못할 뿐이다.

사람들은 문수보살을 친견한다고 오대산을 찾고 관음보살을 친견하느라 낙산을 간다. 그러나 모두 소용없는 일이다. 오

釋迦老子說一大藏教都是閑言長語末後迦葉
微々一笑百萬人天悉皆罔措達摩面壁三祖
立雪六祖躡碓南嶽磨甎馬祖一喝百丈耳
聾耳黃檗吐舌

三角山 峨嵋寺沙門堅○

年乙申冬捫落葉之印

대산의 문수동자나 낙산의 관음상은 상에 불과한 것이지 진정 문수요 관음은 아닌 것이다.

우리는 주변에서 매일 문수를 만나고 관음을 친견하는데 마치 눈먼 장님이 코끼리 만지듯 하니 관음이 저만치 있고 문수가 저만치 있는 것이다.

그대는 진정 문수와 관음을 보려고 하는가. 어리석음을 버리고 바로 생각하고 바른 삶을 실천한다면 곧 그대가 문수요 관음인 것을.

목어와 목탁

불가佛家에서는 대중을 일깨우는 도구로 목탁木鐸을 사용한다. 예를 들자면 공양시간을 알릴 때는 목탁을 한 번 울린다. 대중을 모을 때는 세 번, *운력運力을 할 때 세 번 울린다. 이렇게 대중을 부르고자 할 때는 반드시 목탁을 사용한다.

우리가 흔히 알고 있듯이 염불하고 기도할 때도 목탁을 쓴다. 목탁은 그대로 하나의 악기가 된다. 왜냐하면 이때 목탁은 장단을 맞추는 도구가 되기 때문이다. 우리나라에서는 대개 악기처럼 사용되는 것을 목탁이라 하고 물고기 모양으로 길게 매달아 놓고 치는 것을 목어木魚라고 한다. 그러나 그 모양을 자세히 보면, 둥글게 만들어진 목탁도 물고기 모양이고 길게

---

*운력(울력) 스님들이 수행중에 틈틈이 농사나 도량을 가꾸는 것 등을 말한다.

달아놓은 목어도 물고기 모양이다. 절에서 이렇게 나무를 가지고 물고기 모양으로 만들어 쓰는 것은 그것이 목탁이든 목어든 다 정신을 일깨우기 위한 방편으로서의 한 상징을 갖기 때문이다. 물고기는 밤이나 낮이나 가리지 않고 늘 눈을 뜨고 있다. 이러한 물고기의 특성은 항상 눈을 뜨고 깨어 있어야 하는 수행자의 본분에 마땅하여 상징적 교훈의 의미를 담고 있다.

목어에 얽힌 설화가 하나 있다. 어떤 스님이 스승의 가르침을 어기다가 죽었는데 그의 주검을 보니 등에 나무가 나 있었다고 한다. 어느 날 스승이 배를 타고 바다를 지날 때 물고기 한 마리가 바다에 몸을 나타내더니 스스로 지은 죄를 뉘우치고 자기 등에 난 나무를 없애주기를 간절히 부탁하였다. 스승은 곧 수륙재를 지내 고기 몸을 벗게 하고 그 나무로 고기 모양을 만들어 달아 놓고 공부하는 스님들을 경책하고 귀감이 되는 도구로 썼다고 한다.

기도와 가피

　*가피加被는 결코 주어지는 것이 아니다. 스스로 만드는 것이다. 그것이 간절한 소망을 담고 기도를 하건 명상에 잠기건 주력呪力을 하던 염원을 하던 그 모든 것은 스스로가 만드는 것이다. 가령 기도를 아침부터 밤늦게까지 한다고 하자. 그렇게 할 수 있다는 사실이 바로 가피다. 내가 이만큼 기도를 했으니 이만한 대가가 이루어진다는 생각을 한다면 그것은 사사로운 욕심일 뿐 진정 기도의 자세가 아니다. 그러니 당연히 기도도 아니고 가피도 아닌 것이다.

　스스로 뜻을 세우고 열심히 해나가면 열심히 하는 만큼 그 결과가 따르는 것이다. 이것이 가피이지 따로 얻어지는 것은

---

*가피　부처님이 자비의 힘을 베풀어 중생에게 이롭게 한다는 뜻.

없다. 사람들이 그저 미혹의 늪에서 벗어나지 못하기에 사사로운 마음으로 기도를 팔고 그 대가를 기대하는 것이다.

부처님 앞에 스스로 마음을 바로잡고 자기에게 주어진 본분이건 사명이건 최선을 다한다면 그는 반드시 좋은 결과를 맞을 것이다. 그것이 가피라면 가피다.

사찰에서는 누구에게나 기도를 권한다. 그것은 중생심을 달래기 위한 하나의 방편인 것이다.

모든 사람들이 본질을 바로 알고 스스로 깨닫고 또 깨달을 수 있다면 분별하지도 않고 두려워 하지도 않을 것이다. 그러니 자연히 기도해라 말아라 할 것이 없을 것이다.

그러나 보통 사람들은 순간을 알 수 없고 닥쳐올 미래 또한 알 수 없다. 그러기에 기도가 필요하고 기도를 함으로써 기도로 인한 가피력도 인식하게 되는 것이다.

두드리는 자에게 길이 있다는 말이 있듯 내가 구하고자 하는 마음과 실행하는 마음 그 두 가지가 조화를 이루면 반드시 원하는 것을 이룰 수 있다. 그러나 원한다고 해서 바닷물을 다 마실 수는 없는 것이니 스스로가 가질 만큼 구할 만큼 기대할 만큼만 취해야 한다. 그러면 그대에게 황금 가사를 두른 부처님이 나타나시고 백옥 찬란한 천의의 보살이 구름처럼 나타나리라.